れっつごー

ママー 何?アレー
見るんじゃありません

ステキな奥さん うぷぷっ 3

朝日新聞出版

Part 1 妻なアタシ

Part 2 母なアタシ

Contents

Part 3 私なアタシ

四コマ漫画

特別付録漫画

装幀：弾デザイン事務所（渋澤 弾）

アタシ
ツマ
おかあさん
リササン
漫画家
47歳〜49歳
ムスメ
小学4年生!!
小2
低学年〜中学年
7歳〜9歳
ヨシダサン
ダンナサン
おとうさん
漫画家
53歳〜55歳
吉田戦車
毎日ごはんをつくるように。

Part 1 妻なアタシ

わたし、ファンなので

むかし、となりのおしゃれなおねえさんはわたしに言った。「恋人がサンタクロース♪」とは言わなかったけど、となりでなくて真正面に座った漫画家の先輩だったけど、美人だった。わたしハタチくらい、おねえさんは30歳くらい。喫茶店だった。

「好きな人に好きって言っちゃダメだよ、リサちゃん」

赤い口紅で笑う。

「アナタのファンです、って言うの」

珈琲《コーヒー》をいじる。

「そうしたら『好き』だけは伝わって……」

一口珈琲を飲んで、

「いつでも逃げられる」

とカップの口紅を指で拭《ふ》いた。と、記憶する。忍術みたいだ、とドキドキした。しかし、それを実生活で使うことはなかった。忘れていた。

ところが。

ついに、この匠《たくみ》の技を使う時がきた。わたしはまた、新しいお皿を買ってしまった。食器棚がパンパンなので、ヨシダサンが皿が増えていないか目を光らせているのだ。オクサンが皿を買って気づくダンナサンなのだ。前に「色違いならわかるまい」と、お気に入りのシリーズを色違いで増やしたらアッというまに気づかれた。

「よくわかったね〜」

と褒《ほ》めたら、

「いちおう、色を塗る仕事もしているんでね」

と、怒っていた。のに、また1枚、ステキなお皿を購入してしまったのだ。

「増えてますよね?」

敬語だ。敬語は怒っているの印。この時、とっさにあの技が出たのだ。わ、わたし…

「このお皿のファンで」

うぐっ。ヨシダサンが一歩さがった音がした。仕事柄、その単語にちょっと弱いこともある。その皿は許された。ファン。なんて便利な言葉だろう。皿に使っちゃったけど。

別の日、ヨシダサンの靴が新しかった。靴箱がパンパンなので、靴が増えていないか、わたしが目を光らせているのだ。

「新しいですよね?」

敬語だ。モジモジしたヨシダサンが「アッ」と、思い出して言った。

「ボクは、この靴のファンなのです」
パ、パクられた……。

あらたなキャスティング！

ドロボウかも

夜中にふと目が覚めると、1階で物音がするのだった。

大きな音をたてないようにそうっと歩いている感じ。たぶん、飲み会から帰ってきたヨシダサンだと思うんだけど、そうじゃなかったらどうしよう、と、ウトウト考える。

ドロボウ、的なモノ。見に行ったほうがいいだろうか。ドロボウだったらどうしよう。勝てるだろうか。こういう時のために木刀《ぼくとう》がいい、修学旅行先で売ってるようなヤツね、とか話したのはいつだっけ。思い出せない、目があけられない。わたし今、ウ〜〜、と唸《うな》っているかもしれない。寝ぼけている。隣にムスメがいることを手で確認する。

戸締まりはちゃんとした。普段より念入りにした。だからヨシダサンのはずなんだけど、ヨシダサン、今日は酔っ払いだから、鉢合《はちあ》わせしてポカーン！と殺されちゃってたりしてないか？　いつもの足音と違う気がしてきた。こんなにやさしく歩く人だったろうか。

わたしの夫、ヨシダサンは、朝から高校の同級生と厄払《やくばら》いに出かけたのだ。恒例行事で、毎年違う神社に出かけるのだが、厄払いした日に殺されるなんて。今年の神社どこだ。「厄払いした日にねえ……」と、お焼香にきた人も少し困っている。

バムッと冷蔵庫を開ける音がした。ああ、ヨシダサン、プリンはムスメのだから食べないで。いや、ドロボウかもしれないけど、ドロボウにも美学や礼儀があるだろう、やっぱりヨシダサンかな。

ガタン！と、雨戸がなった。今日は風が強い、と思ったら、一気にドロボウの可能性が強くなった気がした。こういう日にドロボウは仕事をするのではないか。ヨシダサン、死んじゃった？　うつぶせに倒れているヨシダサンを想像して、助けられなくてゴメン、と思う。

ついにドロボウは2階に上がってきた。

そうっと襖《ふすま》をあけた。そうっと膝《ひざ》をつく。なんと、ドロボウはムスメに布団をかけてくれた。腹が出ていたようだ。いいドロボウだ。きっと同じムスメがいるにちがいない。

ホッとしてそのまま眠ってしまった。

指字の不安

「あ、サインでお願いします」
と、言われたのだった。ん？　ハンコじゃなくて？　はい、ここに、指でいいんで、お願いします、と。配達のお兄さんがアイフォンみたいの出している。サンダルつっかけてハンコもったわたしに、ピューッと門《もん》扉《ぴ》で風が吹く。ゆ、指？

　ある会社の受け取りサインが「タッチパネルに指で名前を書く」に変身した。みなさん、もう体験はお済みでしょうか？

　指で書くって、なんか子供の頃やったような。懐かしいような。思春期に男の背中に「ア・イ・シ・テ・ル」と、やったような。いや、そんなイイこと、やってないない。大人になって海の砂に「ＬＯＶＥ」と、やったような。いや、それもないないない。それにつけても、アラワになった自分の「指字」が下手すぎて、不安２倍超えて４倍。もっと上手な気がしていたのはなぜ。こんな字の奴《やつ》に荷物渡していいのか、お兄さん。

「これ、アレに似ているぞ」

　と、指が言っている。最近、ラジオの電源ボタンがゆるくなって、今までの感覚で押すとつかない。強く押したあ

と「あ、そうだったね」と、やさしく押してやっとつくのだが、その時のグニャリ感に似ているのだ。毎朝、「ちゃんとつくのか」と、指は不安になっていた。

ヨシダサンも荷物を受け取った。同じく、指が不安になったらしい。で、買ってきた。

「タッチパネル用ペーン！」

ドラえもんの声で。タララッタラー。サイン用に玄関に置くと言う。９８０円。

「うえーー」

なんか恥ずかし〜、というわたしに「時代は変わったのだっ」とかっこよく言う。荷物を待った。

わたしはさっそくペンを忘れて、また指で書いた。ヨシダサンが「なんでっ」と、悔しがった。次、ヨシダサンが、ちゃんとペンを持って出た。ちがう会社の配達だった。ハンコだった。恥ずかしがっている。やーいやーい。

このように、わたしたちはまだ「かっこいいサイン」に、成功していない。

「リサちゃん、結婚おめでとう。これ結婚祝い」と、Yさんが包み紙をわたしてくれた。手のひらサイズ。10年前だ。仕事の打ち合わせの最後にそう言って、わたしてくれた。

「ありがとう〜！」

当時、新婚のわたしは頬《ほお》をピンクにして（たぶん）、受け取った。

のに、ん？　こっちにこない。というか、わたしにわたしながら、Yさんがその包み紙から手を離さないのだった。

「あ、あのね」

Yさんの言うことには、

「これはタイのもので、すごい気に入ってて」

「安いんだけど、タイでは売ってるんだけど、タイに行かないと手に入らなくて」

「だから、気に入らなかったら返してほしい」

「好みもあるから。わたし、これが大好きで」

ぎゅ。Yさんは包み紙を握る。わたしは「真剣に見ます」の印《しるし》に、ゆっくりうなずいて、包み紙を広げた。レンゲが出てきた。ステンレスだろうか、銀色、うすくてピッチリ重なっている。数えると5レンゲ。ちょっとチープなのが

結婚10年の…なんだ？

ラーメンにしんけん…
トンコツラブ♡
この人だってもう7歳だもんねぇ…

うんといい。裏にロケットのマークがうっすら刻印されていて、こんなかわいいレンゲを見たことなかった。

「ごめん、好み」

あああぁ、と言いながらYさんは、

「よかった！」

と、少しだけさみしそうにした。こんなに人にあげたくないものを、プレゼントしたいものだ、とわたしは思った。

あれから10年、レンゲは元気に使われている。そして増えている。ヨシダサンが京王駅弁大会で食べたタイのお弁当についていたレンゲ、「それと同じのを探したら日本で売っていた！」と興奮した駅弁仲間からのいただきもの、最近では「吉祥寺でセット売りしていた。10レンゲもいらない。5レンゲあげる」となったもの、数えると22レンゲ。刻印がシマウマのもある。大きさもいろいろになった。レンゲはレンゲを呼ぶ？

昔アンチョビ入れて売っていたというスウェーデンの魚模様の陶器（これまた、いただきもの）に、ガサッと立てている。結婚10年のなにかがここに。と、眺める。

なんだろう？と、思う。

ある朝の胡麻和え

「うまい……！」
うちで、朝ごはんに出たホウレン草の胡麻和《ごまあ》えが妙においしかった。緑色が濃い、小ぶりのホウレン草を白練り胡麻と白だしであえた……というより、「整えた」感。お店みたいな味なのだ。それは近所の居酒屋でなくて、都心の小料理屋みたいな。カウンターが見えた。中で白い調理衣の店主が無口に微笑《ほほえ》んでいる。小中高と運動部にいたようなガタイをして、ヤンチャな頃もあったんだろうか、ちょっと賭《か》け事が好きで、朝だまって出かけちゃうこともあるけれど、ええ、仕込みだけは絶対手ぇ抜きません、という感じで……と、妄想しちゃうくらい、おいしい。

「あら、ありがとうございます」
店を手伝う店主の奥さんみたいに、ヨシダサンが言った。作ったのも出したのもヨシダサンだが、奥さんみたいにフフっと。

「うーん」
唸《うな》った。わたしがいうのもなんだけど、ヨシダサン、確実に料理の腕をあげてきた。和え物みたいな、なんともないものが、うんとおいしい。

実は、腕もあがるはずで、半年以上、ヨシダサンが台所を仕切っている。つまり、半年以上、料理をつくっていないわたし。あ、パスタ2回くらい茹《ゆ》でたかな。そういえば、アッサリと「台所権」を譲ってしまった気がする。よかったのだろうか。大事な権利ではなかっただろうか。ドキッとする。

（この時、歴史は動いた）

と、心にナレーションが流れた。すみません、最近、録画してあったNHK特集「新・映像の世紀」を見始めて、頭がNHK脳なのだ。番組が違うけど。100年の人類の歴史を、映像で追っている。「ある朝、ホウレン草の胡麻和えが妙にうまかった」は、ヨシダ家の未来を変える出来事かもしれない。目をつむる。未来だ。

「お母さん、ご飯作らない時あったよねー」

ハタチくらいのムスメが言う。いや、

「へ？　お母さんて、料理作っていたことあったの？」

かもしれない。やだ、わたしに顔そっくりだ。胡麻和えで妄想が止まらない。

むかしむかし。漫画家おおぜい飲み会で、となりの席にTさんがいた。初対面だけど知っていた。エッセー漫画がいつもすごくおもしろかったのだ。

左のTさんに、

「漫画、よんでます」

ン？ 本当ですか？ と、右のわたしに微笑《ほほえ》み返しのTさん。今月号は飼いはじめたチワワの話だった。

「チワワ愛しすぎて、抱っこしたまま床をゴロゴロ転がって仕事できないって、もー、笑っちゃいました」

ウンウン、腕組みのTさん。

「そっか。オレ、チワワ飼いはじめたのか。いいなあ」

ん？

やっちまいました。完全なる人違い。漫画家のTさんと思っていたのは、漫画家のUさんだった。名前が似ているけど、よく見ると似ていない。ヒー。ところが、

「もっとオレにオレの話をしてくれ〜」

と、おねだりされた。

「こ、紅茶が好きで」

「シメキリをきちんと守るんです」

汗、出る……。

わたし、陶芸するってよ

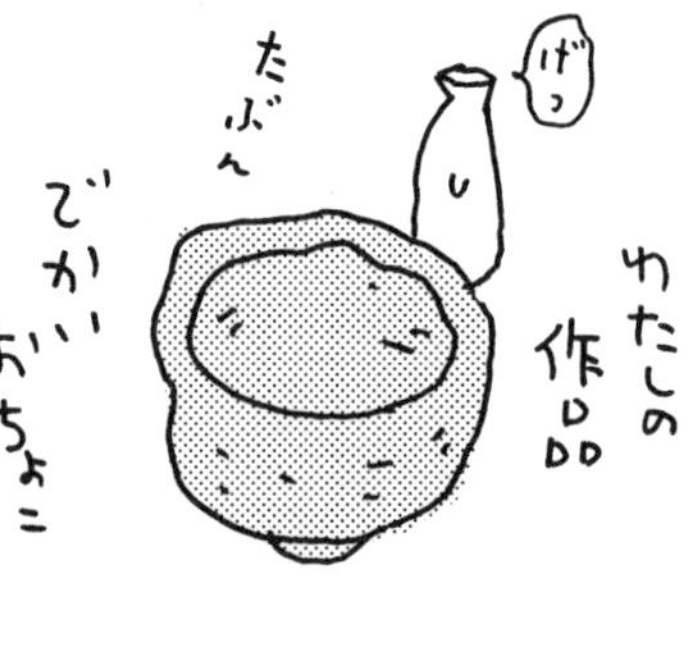

「オレ、紅茶かあ。シメキリ守るんだ〜」

と、腕組みしたまま喜んでいた。汗、出た……。

ところで今、ムスメの習い事先のママ友の間で、わたしの話になったらしい。

「ヨシダサンてお勤めしている人？　って聞かれたよ〜、E君ママに」

漫画家なのを知っているママ友がニヤニヤ。

「よく知らないんだ〜って言ったらさ、お勤めしているような、してないような感じだね〜だって」

おお、あってる！　あってるね！　と、意味不明の握手。固い。

「あと、実家がお金持ちな感じがする、だって」

いいね、実家が金持ち！　ん？　それってさ、わたしが太ってるとこからきてない？

まあ、いいけど。最後は、

「陶芸の人？」

となったらしい。陶芸！　いいね！　漫画よりずいぶんオシャレな気がした。心は、ろくろを回していた。そして、わたしも言っていた。

「もっとわたしにわたしの話をしてくれ〜〜」

聞きながら、わたしはそのわたしをけっこう気にいっていた。

むかし、飼い猫が家出して探し出したことのある人が、悲しそうに、でも見つかったから嬉《うれ》しそうに話していた。

「うちの猫、道路と家のところに置いてある三角の、段差なくす……アレ、なんていうんですかね？　あの中に隠れてて」

　ググると「段差解消プレート」「スロープ板」と呼ぶらしいが、まさか。あんなうすいところに猫が入れるわけないよ、側溝《そっこう》の間違いじゃない？　だってサイズがちょっと……と、顔に出ていたらしい。

「ほ、本当ですよ。引っ張り出して連れて帰って、何年か生きましたから」

　逃げた時は10歳を超えるオトナ猫だったという。「助けたのは、飼ってた猫とそっくりな別の子猫だったんじゃ？」と言って怒られたのは何年前だろう。あれからずっと、道の三角を「猫が？　本当に？」と、そういう目で見てきた。

　しかし今、疑ったことを反省している。実は、うちのオトナ猫マツ（メス）が、夜、そのくらい小さくなることを発見。説明しますと、夜、布団に入ってきたマツをなでていると、気持ちいいんだろうか、仰向《あおむ》けで前脚を万歳にし

こんなに平たいって…

て顎《あご》をのばして、なんかとってもうす〜〜く、なるのだ。「たましい」を抜いたようにまっ平ら。嫌いな奴《やつ》の大事なテディベアを嫌がらせで本棚の辞典に挟《はさ》んだくらいうすい。

「ひ、平たい!!」

こわくなって、隣で寝かけているムスメと、一階のヨシダサンを呼ぶ。

「ひ、平たい!?」

「平たすぎる!!」

同じ反応が嬉しい。もう一匹のトラ（オス）は、平たくならない。体質なのだろうか。

マツを平たくして寝るのが毎晩になった頃、ふと、夜中にヨシダサンの布団を見た。いない。トイレ？　違う。不安になる。ムスメ越しによく見ると、中身があった。ヨシダサンは布団をかけてちゃんと寝ていた。

「ひ、平たい……!!」

いないみたいに平たいのだ。こ、こんなに平たいのって……。

「お、おじいちゃんっぽい……」

横には平たい猫……　ニャーー!!　すっかり怪談みたいになっているのだった。

今日はチャレンジャー

駅から乗ったいつものバスの中で、ムスメがプッと、笑う。

「今日の運転手さん、チャレンジャーの人だね」

ああ、ホントだねえ、とコソコソ笑う。「次は○○というバス停ですよ～」というアナウンスを、どんだけくずして言うか「チャレンジ」しているようにしか聞こえない運転手さんがいるのだ。例えば、

「次は本町一丁目」

を、

「…ィは、ォンチョ、ィチョウ　ェ　」

と、言うのだ。初めて乗った外国の人、降りられないよ。

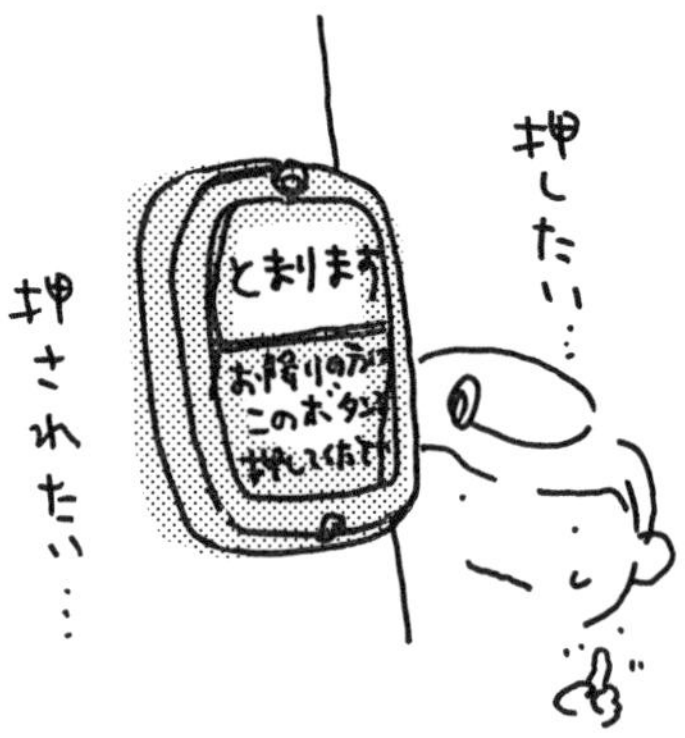

逆に、日本語だとわかる自分の能力が不思議なくらいだよ。

「次は南中町四丁目」

などは、

「…ィは、ィアィ　ァアチョ、ヨ…チョゥ　ェ　」

になる。本当なのだ。何年か前、電車でそういうアナウンスがあって話題になり、流行語かなんかになった、というニュースがあった。わたしはそれを知っているので、なぞって楽しんでいられるんだが、知らない人はどう思っているんだろう。皆さん、逆《さか》らうことなく聞いている。どうも、チャレンジャータイプが、このバス会社には2、3人いる。日替わりだ。

別の日、バスに乗ったムスメが驚いている。

「今日はシンセツだね」

あ、ホントだ、と笑う。別のタイプが就職した??

「発車いたしますっ」

「バス、ゆれますっ」

「左に曲がりますっ」

テイネイでハッキリだ。

「次は本町一丁目ですっ」

「通過いたしますっ」

「道が混んでおりますっ」

「後ろのドアの前のボク、黄色い線を踏まないでね。危ないですっ」

まで、言っちゃうのだ。

「シンセツすぎるね」

と、ムスメ。小2はチャレンジャーのほうが好きらしい。

夜、その話をヨシダサンにすると、

「…ンシュ、…ゥ、ッパィ　ダサ　ィ　」

と、きた。「日本酒、もう1杯ください」と言っているのだ。わたしは、

「…ギ、デス　」

と目をつむった。「飲み過ぎです」と言ったのだ。伝わったようだ。

ガンマ君の正体・・・

※数値50以下が正常です…

人体実験 〜洗濯物編〜

ひそかに、人体実験をしている。

うちのヨシダサンは、引き出しに並んだパンツを右から抜いてはいているようだ。右に詰《つ》めて並べると、左に余裕があってもキツイ右から抜いていく。現在、計7枚の色んな柄《がら》のパンツがあるのだが、わたしがたたんで右に詰めた2枚を酷使《こくし》している。

「ムウ……」

パーンと、干す時、同じ柄が続いている。実は靴下も、これは奥から手前に並べているのだが、手前に置く2足のみを酷使。「パンツと靴下はなんでもいい」という生態が浮き彫りになる。

「フフフ……」

パンツと靴下の運命は、並べるわたしの支配下にあるのだ、と思うと、少し愉快《ゆかい》。

この流れで、別の実験を始めた。うちで「湿気」と呼んでいる洗濯物がある。午前中に、ヨシダサンの部屋に「配達」する洗濯物のことだ。冬、6畳の仕事部屋が暖房でとても乾燥するので、風邪予防のため、隅《すみ》っこに「湿気」を吊《つ》るす。

「湿気、もってきましたァ〜」

と、御用《ごよう》聞きっぽく言う。

「いつものとこに吊るしといて〜」

と、サザエさんみたいな態度のヨシダサン。仕事しながら、こちらを見ない。洗濯バサミ14個に吊るしたこぶりな洗濯物で、手ぬぐいを数枚干していた。ある日、ふと、ヨシダサンの白いステテコにしてみた。その日の夜、

「仕事が進まなかった」

と、言った。おう、なるほど。自分のステテコじゃあ、そうかもしれない。「では」と、ムスメのカラフル子供用パンツ群にしてみた。その日、

「なんか体にイイらしい」

と、家でヨガを始めた。ヨガかよ。びっくりした。「それじゃあ」と、ムスメのパンツ群にわたしのも混ぜてみた。

「昼、外でうどんを食べたが、まずかった」

と、言った。不安になって、今、ふきん類にしている。統計はまだまだ取れない感じである。

さて、ヨシダサンがうちの台所の政権を握って1年以上になる。自分もなにか、実験されているのではないか、と少し気をつけている。

「どーでもいい話なんだけどさ」

久しぶりに会った友人が言う。ほんとーに「どーでもいい話」か確認するため、友人の方に耳を出す。

「うちの近所の肉やさんが『肉や佐藤』から『肉や田中』になったんだけど」

どうしてだろう？　と言うのである。店員さんは変わってないんだけどさ、と話が続く中、わたしは「それ、他人事じゃない」と思っていた。

「伊藤」から「吉田」になったわたしである。こう言っては全国の伊藤さん吉田さんに悪いが、「よくある名字」から「よくある名字」へ、だ。「荒井」が「松任谷」になったような華やかさが無い。と、いう話をすると、

「吉田は伊藤より少ない」

と、吉田のヨシダサンは「吉田」をかばうのだった。「佐藤」「鈴木」「伊藤」さんには、かないませんヨ～と、口笛吹くしぐさ。ネットで調べると、「佐藤」「鈴木」「高橋」「田中」の順に上位4位。「伊藤」5位。3位の「高橋」さんは、このコラムの担当さんである。少しニヤリ、としたあと、「吉田」11位。「もうすぐベストテン」やんけ。同じ釜《かま》の仲

5位の「伊藤」に…

間とか、穴のムジナである。

まあ、このように「伊藤」は5位だから、仕事やら知り合いやらに出すメールで、

「伊藤です」（件名）

の時、他の「伊藤」と間違われるかも、と

「伊藤です。理佐です。」

と、名前をくっつけていた。ある日、

「伊藤です。理佐です。って、なんで？」

と、質問がきた。佐藤が田中になったと話していた平賀さんだ。ええい、ややこしい。

「え、他の伊藤さんと間違えない？」

と、伊藤的態度。伊藤でわかるよ！　と笑われたあと、

「知ってる伊藤はあなただけだよ」

ブッキラボーに言われた。

「えっ……？」

漫画的ズキューン…！　である。胸、撃《う》たれた。ゴルゴ13ではない。少女漫画の方の。このオンリーワン的言葉が伊藤に……。

「知ってる伊藤はお前だけ」

ほんと、どーでもいい話なんだけど、うれしい。

「戦いは、終わったな」

ヨシダサンがつぶやいた。

「ついに終わったね」

わたしもうなずいた。わたしたち、やっぱり戦っていた……よね？　ああ、戦っていたさ……

やさしい目の先には、白いフキンがブラーンと、角っこの1カ所を洗濯バサミでとめられて吊《つ》るさがっている。降《こう》参《さん》用の白旗《しろはた》のようだ。

そう、わたしたちは戦っていた。台所の引き出しに引っ掛けてる手拭き用の手ぬぐいを、どのように、どの位置で、洗濯バサミではさむか、で。（イラストをごらんください）

ヨシダ方式だと、すぐ乾くけど、長さが下の引き出しにひっかかり、わたしがイラッとくる。リサ方式だと、引き出しは使いやすいが、ちょっと乾きづらい。しかし、二重にした安定感のある拭き心地が好みのリサ。ヨシダサンの好みは逆のようで、なおしてんじゃねーよ的反応が、すぐ。

餅《もち》の「つきて」と「かえして」みたいに、ひたすら、自分のやるべき仕事のようにクルクルとなおしていた。そのクルクルぶりは、ドングリを本能でまわすリスのようでもあった。リスはかわいいが、やってんのはオジサントオバ

ラスト・テヌグイ
こちらリスです
くるくるくる
ドングリです

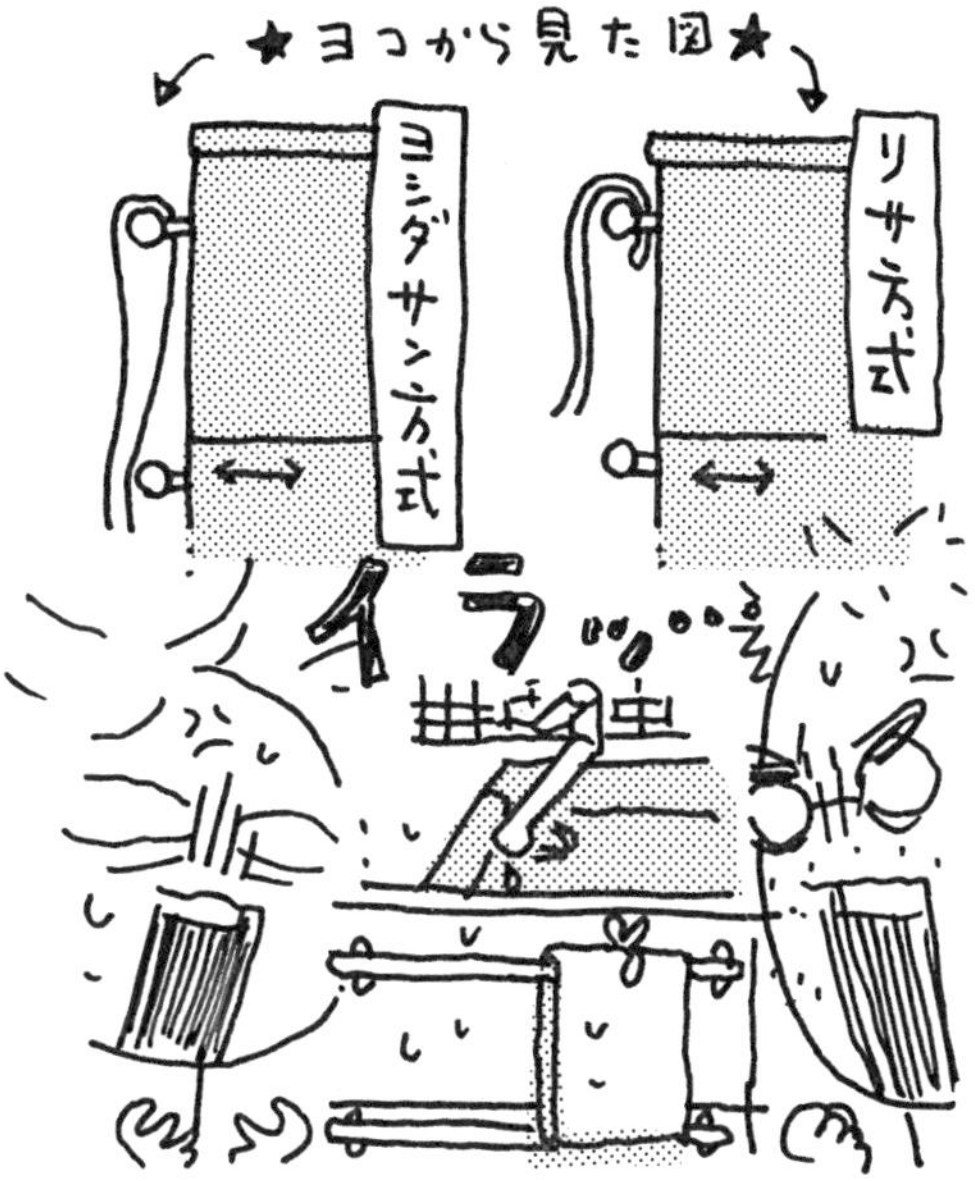

サンだ。そして、そのことについて話し合ったことが、なんでか、なかった。

「冷戦、だったよね」

「5年くらいか？」

手ぬぐいが近くになかった日、ヨシダサンがふと、フキンとして使っている落ち綿《わた》でできた正方形の白いのをひし形に吊りさげた。そしたら、もう、それでよかった。終わりだった。手はフツーに拭けるし、短いから引き出しにかからないし、ヨシダサン好みの一重だけど、厚みがわたし好みの拭き心地、フキンと手拭きが一緒でも問題はなかった。さいご、コンロを拭いて洗濯物にポイ、の使い切る感じもいい。戦いは終わった。わたしはつぶやいていた……

ラスト・テヌグイ。

ラスト・サムライと似ている。ラスト・テヌグイは、栗模様だった。季節、あってる。あ、手ぬぐいは台所を卒業しただけで、ハンカチ代わりに毎日フル回転で使っている。

サトイモ、コンビーフ、タマネギを入れた「焼き卵」が、サブおかずとして夕飯に出た。小さいフライパンで焼かれて、マルのままフワッと、お皿に。かわいい。ムスメ（8）が、喜んで食いついている。作ったヨシダサンが「えっへん」顔で、

「残り物を卵でとじただけなのだが」

と、腕を組む。おっ？　出るかな？

「ま、キッシュより健康的だよな」

で、出た〜。出ました、「キッシュ」の悪口。ヨシダサンはキッシュの悪口を言いがちだ。キッシュが出たら喜んで食べるのに、キッシュをつくらない。キッシュの悪口をけっこう言う。キッシュの悪口の時、ヨシダサンの目は輝いている。

「生クリーム入れちゃうんだろ？」「ベーコンだろ？」「カーッ　うまいにきまってる」

だね〜と、うなずいておく。他にやり玉にあがりがちなのが、マグロのトロだ。

「トロは江戸のむかし、捨てられていた」「みんなトロトロトロトロ、言いすぎなんだよ」「ムスメの弁当箱はトトロだよ」

出ました、悪口…だね〜

少しラ、ラップ（音楽の）？と思いながら、だね〜と、言っておく。焼き肉屋さんで上カルビの悪口も言いがちだが、こないだは買ってきたすき焼き牛肉の悪口を言っていた。

「100グラム850円もするんだぜ？」「こんなの、うまいにきまってる！」「うますぎなんだよ！」

悪口言っている口が、脂《あぶら》でキラキラしている。だね〜と、見ている。

わたしは思い出していた。小学校の時、友達の悪口を両方から聞いて、テキトーにうなずいていたら、ある日仲直りしたふたりから「フン！」って、無視された。「こうもり」みたいなことしやがって、ってことだった。あれは、聞くだけじゃだめだったんだね。間に入ってほしくて、使えそうな奴《やつ》をつかまえたんだね。女子だね〜。使えない奴でごめんね〜。

もしや、ヨシダサンとキッシュをとりもったほうがよいのだろうか。いや、まだキッシュから悪口を聞いていない。トロからも牛肉からも。

ドラマチックな能力

「男ってさー」

近所のママトモの言うことには、

「ドラマをちゃんと見ないと気がすまないよねー」

なのだ。いま、はやっている「残念な生き物」みたいにいうので、飲んでる白ワインがちょっと出た。

「それに比べて女はさー」

一話くらい見逃してもやっていける、というのである。

「特に、朝ドラ」

洗濯しながら見てるもん。と、いうのだ。

たしかに。ちゃんと見てないのに今の朝ドラ、理解してる。補《ほ》てん能力、ある。特に、朝ドラと大河については、その才能をフルに発揮できる気がする。加齢と共にその能力は磨かれ、もしや、自分で作ったセリフもあるかもしれない。朝ドラはそういう風に作られていると聞いた気がする。←これも自作かもしれない。このスバラシイわたしたちの能力に比べて、

「男どもはさー」

と、ママトモは渋い。そりゃもう、きちんと見る、と。

録画したらまあ、主題歌はとばすとしても、お話を10秒先送りしちゃったら10秒戻して見てる、と。うなずくわた

し。首を縦に振りすぎて、グラスから白ワインが縦に出る。すみません、状況を説明すると、「男ってさー」といってるママトモのお宅で、もう一人のママトモをまちながら、先に一杯やっているのである。ムスメ達は一階で遊んでいる。日曜の二階の2時なのである。

うちの男、ヨシダサンは「真田丸《さなだまる》」の一話目を録画し損《そこ》ね、再放送ものがし、何週間も見られなかったことがあった。どーしても、一話目から見たいと、知り合いにダビングしてもらったんじゃなかったか。

もう一人の男、長野の父は、朝ドラと昼の再放送の時間に電話に出ない。父は語る。

「何年も朝ドラ見てるとね、女優さんてのはね」

ワタシ演技がうまいでしょ？ってやってる人はダメね、とか言う。父に女優論がある。こわいのである。

ピンポーン。

もう一人のママトモがやってきた。子供も増えた。やはり同じ能力の持ち主だった。

スバラシイ才能に乾杯をした。

アタシ
ツマ
おかあさん
リササン
漫画家
47歳〜49歳
ムスメ
小学4年生!!
小2
低学年〜中学年
7歳〜9歳
ヨシダサン
ダンナサン
おとうさん
漫画家
吉田戦車
53歳〜55歳
毎日ごはんをつくるように。

Part 2 母なアタシ

あやしいパスポート

「Aさんて、井《い》の頭《かしら》自然文化園の年間パスポート持っているんだそうですヨ〜」

と、言った若い女子の編集さんは、(大人の男の人なのにカワイイですよね〜)という発音なのだが、わたしはピン、ときた。

「それは、飲み屋で隣の女子を口説く道具だな!」

これには、パオーン、と象のはな子さんも鼻をあげた気がした。この時まだ文化園に、はな子さんがいた。

Aさんは、ちょっとモテ男で、いつも違うムスメさんを連れているイメージの50歳近いハンサムさんなのだが、ああ、きっとそうだ、そうだよ。文化園の年間パスポート持っているなんていい人っぽいじゃないですか。いい人だけど。なんか女子、油断するじゃないですか。まあ、油断したいわけだけど。そしてなんかデートに誘いやすいし、誘われやすいじゃないですか。

「オレ、井の頭自然文化園の年間パスポート持ってるんだよネ〜」

うそ、ほんと? ほんとさあ、ホラ。キャッ、ホントダ〜 なんて言っているよ、たぶん。

「あやしいパスポートだな!」

と、鼻息だしていたのは何年前だろう。今、わたしも文化園の年間パスポートを持っている。ムスメが生まれてから毎年更新しているから7年目の7枚目だろうか。スナップ写真なんかをチョキチョキした顔写真を糊《のり》で貼《は》って、年齢、名前を書いて本人確認するしくみの1600円。また近々にムスメと出かけるのだ。期限切れじゃないか、確認していた。

「ん？」

違和感。なにか間違っている感じ。な、なに……？

顔写真だった。こちらを見ている自分が若い。同じ顔写真を7年使っていた。だって毎年違う写真用意するの面倒くさいし、しかもこれ「写りがいいのを選びましたヨ」と、ヨシダサンが自宅でプリントアウトしてチョキチョキしてくれたヤツで、ピンボケでいい感じなのだ。若い。今より痩《や》せている。その顔の下にリサ、47歳と書いてある。「あやしいパスポート」を持っているのは、もう自分だった。

入園、できるだろうか。

長野の実家に96歳のおばあちゃんがいる。お父さんのお母さん。酉《とり》年。わたしも酉《とり》年。お正月の御屠《おと》蘇《そ》の十二支の杯《さかずき》をおばあちゃんが使うから、他の干支《えと》で飲んでたなあ。ウサギ年がいなかったので、割とウサギで。

そのおばあちゃんが「ボケ防止」と言って、アクリル毛糸で編む丸いザブトンと、ビーズのキーホルダーと、新聞のチラシを折ってつくるゴミ箱……ピーナツの殻《から》とかミカンの皮とかいれてそのままポイッとできるヤツ。を、つくっている。まだまだ元気、バンバン生産されて、帰省するたびもらってくる。チラシゴミ箱がけっこうたまっちゃったので、「ひとり1個」という贅沢《ぜいたく》な使い方をしているこのごろだ。今朝も各自、自分の箱に鮭《さけ》の小骨をいれていた。

ん？　自分専用だからか？　チラシの字に目がいく。

「美さんもご愛用」

「郎さんも絶賛!!」

「で、解消！」

と、見える。折ってあるから、宣伝のうたい文句がとぎれとぎれなのだ。何の広告だろう。

「腰の」

気になるチラシゴミ箱

同じ酉年でも
1969年生は
野鶏
なんだって。
1921年生は、
軍鶏
なんだって。

ってのが見えた。すっごい気になる。捨てていた鮭の小骨を小皿に取り出して、開いてみた。マットレスの広告だった。送料無料。鳥越俊太「郎さんも絶賛!!」して、中田久「美さんもご愛用」していて、「腰の」悩みが一晩「で、解消!」だった。

ふと、横を見ると、ヨシダサンがご飯をモグモグしながら、自分専用ゴミ箱をマジマジと見ている。なんか黄色い北海道のイラスト地図と、麺がお箸《はし》で持ち上げられている写真が見える。すみっこのは……焼き餃子《ギョーザ》だな。

「あああっ」

ヨシダサンも鮭の小骨を取り出し、ゴミ箱を開いたら「餃子の王将」だった。北海道産の小麦で、餃子の皮と麺を提供しているそうだ。クーポン券付き。長野にも王将ができたんだ。

おばあちゃん、器用だから、気になる折り方してるんじゃないか？　まさか。

オモチャの宣伝だろうか、プリキュアが見える箱を選んで、ムスメが宿題やるテーブルに持っていった。まさか。

そっとのぞくと、やっぱり。開いていた。

「98円!」にブチ切れ

日曜日。家族３人ででかけた町の駅ビルのレストラン街は混んでいたのだった。天ぷらもうどんもラーメンもスパゲティも行列。チェーン店の鮨《すし》屋だけ、すぐ入れそうだった。入った。

１０００円のランチをわたし、同じ１０００円のワサビ抜きをムスメ、３つ同じじゃなんかツマラナイからヨシダサンだけ１２００円、の作戦?で、「バイトで働いてます」とは言わないが、そんな感じでやってきた無愛想なオバサマ店員に注文をした。しばらくしてふと、テーブルの上の三角柱「食後にこんなデザートいかがですか」的ポップをながめていたら……。

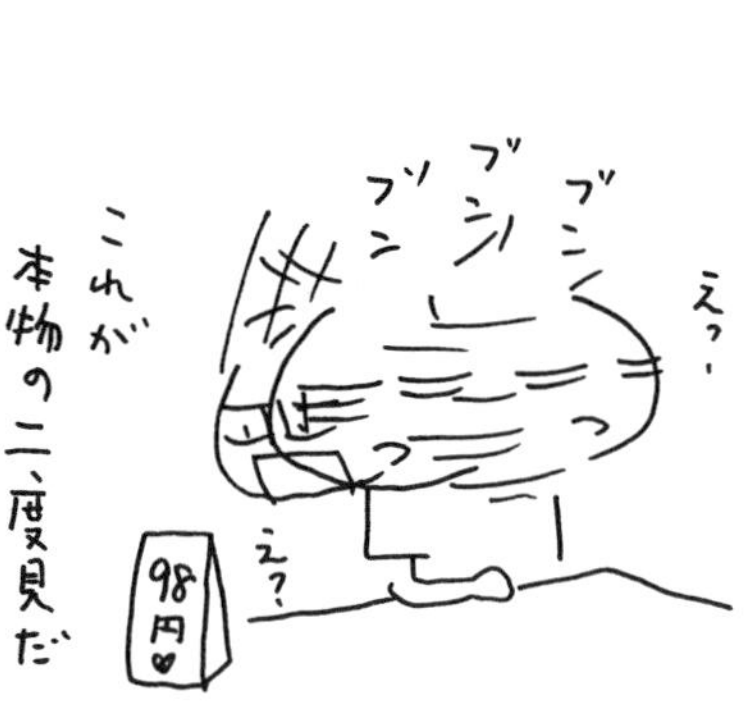

「お子様鮨セット98円」

ん？　まさか。いつもの読み間違いだな。もう一回読む。

「お子様鮨セット98円」

なのだ。創業90周年キャンペーンだって。エビ、マグロ、卵のお鮨、かんぴょう巻き、オレンジジュースのワンプレートの写真の横に「なんと98円！」とある。条件は小学生以下。８月31日まで。小学２年生のムスメにさっき１０００円のワサビ抜きをたのんだ母親のわたしに、ドン！　と怒りが来た。

「ちょっと～！」

「今こんなのやってますってさ」

「注文の時に教えてくれてもいいと思わない?!」

　こういう仕事のしなさ、嫌いだ。やさしくない！　と、ヨシダサンとムスメの前で力むわたし。

「腹、立つ！」

「お鮨が98円」

「１０００円－98円は？」

「９０２円！」

「お鮨が」「98円！」

「プッ」

ヨシダサンがふいた。いや〜、その怒りはわかるけれども、と言いながら、

「単語がお鮨と98円だから、おかしくて」

う。たしかに。お鮨が98円で怒っているオバサンは世界中で今、わたしだけだろうなあ。笑ってしまったオバサンのところに無愛想なオバサンが1000円と1000円と1200円を持ってきた。わたしは怒りなおした。

「絶対今月中にもう一回来て、98円の鮨をたのむ！」

お店の思うツボじゃん、とヨシダサンは思ったという。

笑えない切符
ほぼ、毎日呑んでます…
じゃあ毎日えんで楽しいですね
うちは、わたしがのまないからつまんないって。
お茶
いやー
宴会〜
一緒にのむとたくさんのんじゃうからダメ…
よなよな
わたしは『地獄行きの切符』だよ
ヨシダサン
フッ…
地獄行きの切符って!!
ギャー
自分で言ってて笑っちゃう!!
じごく…
きっぷ…
笑えねーよ
みんなも笑ってねーよ
よっぱらい…

ママが5人、並んでいた。その中の1人のわたしだ。場所は公園、目的は売店の珈琲《コーヒー》。繁盛している。幼稚園からの知り合いで、子供もみんな顔見知り。遠くでゴッコ遊びしている。珈琲の順番待ちしながら、どうでもいい話になり、ママAが言った。

A「ねえ、幼稚園の時、他のママ友の間であだ名つけられたとしてさ」

へ〜？　ママB、C、D、Eがざわつく。並び順だとわたしはママDだ。

A「もしも、の話」

妄想、妄想！　と手を振りながら、

A「わたし、なんてあだ名だったかな」

意外だが、笑う者はいない。みんな、真面目に考えだした。

B「ハイッ」

手を挙げたB。挙手《きょしゅ》なんて、なんか真剣だ。

B「わたしは、ノッポ、かと」

オオ〜！　みんなうなずく。身長174㎝なのだ。

C「自分、おだんご、です」

頭にのっけたお団子ヘアがトレードマークのC。「おだんご」という発音にみんな笑う。

「ブナピー」認定

A「わたしはさ～、これ、カワイイって意味じゃなくてね」

と、前置きを置いて、
A「子リス、ね」

前歯が大きくて小柄で、いつも用事でチョロチョロしているからだって。ドッとウケる。そうそう、小動物っぽい。わたしは少し感動していた。みんな自分の特徴をつかんでいる。自分をわかっている。わたしも自分に面白いあだ名つけたい。と、いう欲に溺《おぼ》れて、Eに先を越された。

E「わたし、ローガン、で」

もう老眼、だって。

E「ローガンは外国のおっさんの名前の発音で」

美人だからウケる。

わ、わたしは……？　もうすぐ珈琲をたのむ順番だ。アレ、言うか。むかし、人に「似ている」と言われたアレを。

D「わたしはブナピー」

キノコ。安い。色が白くて太い。ウケた。

D「あと、長野はキノコの消費量が日本一です」

長野出身だもんね～と、これもウケた。よかった。とてもうれしい。大満足だ。あれ？　これでいいのか？　つまり「ブナピー」認定……ここで珈琲の順番が来たのだった。

ハロウィーンが終わった。

ハロウィーンをなかなか使いこなせない年頃だ。

「枕元にオバケがお菓子を置いていく」

では、ないようだな、と気づいてから数年。ググったりして、祭りの情報は確実に手に入れた。なのに、ちっとも身につかないのだった。板にもつかない。今年も当日、ヨシダサンはカボチャを煮ていた。

「違うな〜」

ハロウィ〜ンはカボチャ食べるじゃないな〜、と言いながらおいしく煮ていた。湯気《ゆげ》と、うしろ姿に年を感じた。

そういうおニューな情報は、最近はもう、子供からやってくる。子供窓口。この窓口からは「お笑い芸人情報」がよくやってくる。なんかわからないことをムスメが言っていると、

「これは『お笑い』だな」

と、思う。学校でセッセと仕入れてくる。ブルゾンちえみになっているムスメを見ながら、わたしは思う。

「わたしまできたら売れっ子」

フッ。えらそうだが。わたしが耳にするくらいになったら、その芸人さんはもう売れっ子だ。ここまで来い。

ハロウィーンよ、来い

ところで。

ヨシダサンがハロウィーンに煮たカボチャだが、それは長野からきた。父が畑をやっていて、そこから送られてきた。ジャガイモと一緒に入っていたカボチャには、それぞれマスキングテープが貼《は》られて、そこに字が書いてあった。

「食べられる」

「食べられない」

ハイ？　と、なった。白いカボチャに「食べられる」シール。オレンジのカボチャに「食べられない」シール。

ハ！　ハロウィーンか！　これ、観賞用カボチャだ。二種類を、父が、春先だろうか、苗を買ってきて育てたのだ。ミドリの通常カボチャとは別に、二種類も。ハロウィーンが、うちのおじいさん、おばあさんまできた。長野の山奥の老夫婦に認識されるとは。しかもテマヒマかけて栽培。これは、立派な日本の行事になったといえるのではないか。

「食べられる」

「食べられない」

の、母の字に、なんか勢いを感じた。ハロウィーンを認める、油性マジックの黒字だった。

「みねうちじゃ〜！」

「きつけの薬」

「急にさしこみが…」

の3本を、ぼんやり理解したまま、大人になってしまった。時代劇で、よく町娘がしゃがみこんでたヤツ。

「次回は『みねうちじゃ〜！』『きつけの薬』『急にさしこみが…』の3本です」

と、サザエさんが予告で言ったら、ぜひ見たい。録画する。どこがどのように痛くなるのか。

「ごべんたつ」

も、ぼんやり知っていた。先日、初めて「字」で見た。

「ご指導、ご鞭撻《べんたつ》のほどお願い申し上げます」

と、メールにあった。ムチか！「鞭《むち》」なんだ！なんかキビしい言葉だったんだ……。「未熟な俺をかばってくれ」的な意味だと思っていた。

このように「ぼんやり」がすさまじいわたしだが、ムスメの「ぼんやり」には「ちょっとまて」「それ、ほうっておけない」というような気持ちが働く。これが「先輩風」だろうか。「母の愛」とかでありたいが……。きのう、お風呂で、

「ぼんやり」の先輩

「朝は4本、昼2本、夕方3本のイキモノなーんだ？」

と、ムスメがなぞなぞを出した。「来たな……」感、あった。有名なその答えは「人間」って知っているんだけど、このなぞなぞを出された時のミョウな気持ちを思い出した。それはムスメと同じ小学2年生くらいじゃなかったか。なぞなぞを出した成績優秀な同級生の、得意げな顔もフラッシュバック。

「なんで一生のことを朝、昼、夕方って言う？」

と、不思議だった。あと、

「なんか、うまいこと言い過ぎてる……」

と、感じた。この、スカッと落ちない感触、わたしの「みねうち」「きつけ」「さしこみ」と同じ仲間ではないか。知ってるけど理解してない感じ。お湯にのぼせた。聞いてみた。

「朝、昼、夕方が一生のことってわかる？」

ワカラナイけど……　と、ムスメは、

「昔のだから！」

と、ミョウにキッパリ言った。家は違うが、同じ道の人らしい。逆か？　アナタもこれからいろいろたいへんだ。先輩風だ。

今朝も立っている

「立たない朝」「立つ朝」

アナタが落としたのはどちらの朝デスカ〜〜？と、沼地のほとりで神様に聞かれて、わたしは、うっかり「立つ」ほうを握ってしまった。正確に言うと、

「朝、横断歩道に立つオバサン」

を、やっているのだった。最近、しまった、髪を短く切りすぎて（うしろ、刈り上げ。）、もしかして「朝、横断歩道に立つオジサン」に見えているかもしれない。そこ、不安だが、

・家の前が横断歩道。
・ご近所の小学生4人がうちに集まってから登校。

で、なんとな〜く立って3年目。横断歩道にも三年。

途中、ふと、学校から全家庭に配られている「PTAパトロール隊」と印字されている黄色い腕章《わんしょう》をつけて立つようになったら、車がおもしろいくらいバシバシ止まって、

「日本人、腕章に弱っ」

って、これ、「漫画家」って書いてあっても止まるんじゃない？　なんて、おもしろがったのはいつだったか。寒い日もあったけど、最近は暑い。立つのが8時頃だから、朝ドラの「半分、青い。」を「半分、見てる。」になっている。汗をたらしながら、

「朝、立たない生活」

も、選べたんじゃ……と、妄想するようになった。パジャマのまま家の中で、

「いってらっしゃーい」

も、あったはずだ。急いで服着ない、あわてて日焼け止め塗らない朝が。今朝は腕章つけ忘れて不安になった。わたしも腕章に弱い日本人……

ある日、仕事の飲み会で、

「朝、立ってるんです～」

と、ぼやいた。締め切りなどで悪行の限りをつくした漫画家のぼやきに、昔からの知り合いは、わいた。

「エライね～」

「大変でしょ」

が、中心の中、

「いや、」

一人、オジサマ編集者さんが手を挙げた。

「イトウさん、横断歩道が似合ってる」

と、指をさされた。みんな笑った。何かが落ちた。見たら「腑《ふ》」だった。そうか。似合っているなら、しょうがない。今朝もわたしは立っている。似合っている。

オナジ・カラスかも

オナジ・カラス。

マリア・カラスみたいに言ってみた。言ってみたところでアレなんですが、たぶん、同じカラスだと思う。最近、近所で目撃するカラス。

車道のまんなかを、まーっすぐ、長ーーく、ゆ〜〜〜っくり、低空飛行して、気持ちよさそーーに、遊んでるカラス。たぶんオスやね。（女の勘《かん》）

「こうね、道スレスレに」

と、腕をひろげてヤツのマネしてみるのだが、似ているのかわからないヨシダサンとムスメ。

「同じカラスだと思うんだけど、」

続けるわたし。

「走ってる車の前にビュ！」

「って急降下して、低空飛行するんだよ」

それはなんか、カラスが車を誘導してるみたいで、運転手さんビックリの顔も、モノマネしとく。

「見せたいナ〜」

と、力んでいた。わりにすぐ、その時がやって来た。夕方、ムスメと帰っていたら、むこうからヤツが低空飛行してきた。こっちにくる。

「あっ、ほら！」

と、はしゃいだ瞬間…… ん？ 今日は子分、連れてる？ ひとまわりもふたまわりも小さい白っぽい鳥が2羽、うしろからついてくる。すごく、ないている。

「あ……」

カラスは白いものをくわえていた。ひな鳥。子分に見えた2羽は親鳥だ。ムスメも、

「あ……」

と、言った。ビュ！ と、急上昇して、家の屋根で見えなくなった。親鳥の声だけ聞こえる。人間は、しーん……となった。ムスメが、

「もしかして」

「公園で桜の枝おとしてくれたのと同じカラスかな？」

なんか白いのくわえてたし。と、うつむいた。そうそう、ムスメが小さい頃、桜の木の下で遊んでいたら、ボトッて、桜が枝ごとおちてきた。見上げるとヤツが、

「カァー」

って。優しいカラスもいるもんだ〜　なんて。

「いや、ちがうカラスだよ」

と、言った。でもすぐに、

「いや、同じカラスかも」

とも言った。本当にオナジ・カラスかもしれないから。

なんか腹立つ（by夫）

もしも〜ヨシダサンが
呑まない人と結婚していたら…
お酒の量が減って…もっと健康だったんじゃ…
呑まない妻
先に
ねるねー
おやすみー
ん？
本、よみだした
つまみつくりだす
ジャー
んん？
あんまり変わらないか…
よかった
うう
うう…
な、なんか腹立つ…

母（75）は、ネにもっている。若い頃、お医者さんに怒られたことを。ネは長い。

「こんな高熱の子に、おにぎり食べさせたのかいっ」

の、モノマネ付き。このモノマネ先の小児科の先生はもう死んでいる。45年前におじいちゃんだったらしいので、たぶん。

４歳長女（わたし）を左手、高熱の次女２歳を右手、乳《ち》飲《の》み子の三女を背中にしょって、バスと電車を乗り継ぎ、山の上から湖のある町の大きい病院に下りていった若い母。とちゅう、握ってきたおにぎりを欲しがったので食べさせた、と言ったら、ものすげーでかい声で、みんなの前で怒られたという。

「もう、涙が出てね…」

ヨヨヨ……と、今度は自分のモノマネに入る。育児の三大ピンチとして（つまり、まだ他にあるのだが）、この話は母本人によってだいぶ磨かれ、オモシロクなっている。家族は落語の同じ演目のように聞いている。そういえばこの演目、最近聞いてないなあ……

と、思い出したのは、朝7時35分、でっかいおにぎりを

おにぎりと三姉妹

食べながら、近所のアーちゃんが、ランドセルをしょいながら、じぶんちから飛び出してきたから。あ……
（おにぎり、うちのと似てる……）
登校が早い日で、ムスメがアーちゃんを迎えに行く約束をしていた。それについてきた母のわたし。
「ウヒャー、寝坊した」
ス、スミマセン～～と、飛び出してくるアーちゃんちのみんな。次女（オムツ）抱っこしたパパ、お腹《なか》の大きいママ。女の子らしい。そう、アーちゃんち、もうすぐ三姉妹なのだ。
「全員21分に起きたの」

すげー。アーちゃん髪がモチャモチャだ。次女ヨーちゃん寝ぼけて鼻たれてる。パパのTシャツ、きっと寝間着《ねまき》用。ママ、スタイル良いのがバレちゃうピチーッとした下着っぽいウェア、おなかパンパン。まず、ママがふいた。

「やっだあ、うちの家族、汚～い」

わたしもふいた。パパもふいた。あ、パパより先でごめん。未来の三姉妹に、過去の三姉妹をみた。父と母も。

11

人いる。
（by萩《はぎ》尾《お》望《も》都《と》せんせい……）と、つぶやきながら数える。パパ3人ママ3人、3家族のコドモ合計5人。3＋3＋5＝11。あってる？　あってる。連休に3家族で、貸し切りの古民家に泊まった。台所付き。オトナは宴会して、コドモは家じゅう走り回って疲れて雑《ざ》魚《こ》寝《ね》、の楽しい一泊の次の朝、パンやスープやらを温かくして11人でテーブル囲んで食べていた。いい天気だ。一瞬、シーンとなった。

「この、ヤカン……」

ママAがモグモグとつぶやいた。

「ヘンなかたち……」

そうそう、そうなの。オトナ、うなずく。テーブルの上に置いた、水入りヤカンがさっきからヘンな形なのだ。そうか、フタがすっごくでかいのだ。漫画でこのヤカン描いたら「ヤカンはこんな形じゃありません」って、ボツだわ。

「全身、フタ……」

と、パパB。そう、鍋に持ち手と注ぎ口をくっつけたような。

「洗いやすそう」「欲しいかも」「麦茶いれたい」

どうしてこの形？

ママA、B、C（わたし）は、ヤカンをホメる方向だ。「ストーブ用ですかね？」「素材はステンレスか」「もしや、スープ用では？」

パパA、B、C（ヨシダサン）は、アウトドア寄りの意見を出してきた。「スープ用」ってのに、みんなときめく。いいね〜。

「でも、」「スープ、具入り？」「だと、洗う時……」

注ぎ口は普通サイズだ。ママBがここを洗ってる時を想像して顔をしかめる。そういえばフツウのヤカンのフタはなぜ本体より小さめなのか。

「お湯を注ぐ時こぼれないためですよね」「フタ、すごく小さいのもあるよね」「フタが小さいヤカンは注ぎ口がでかい気がする。そこから水を入れろと言わんばかりに」

パパAがポエムのような意見を言う。どうしてこの形なのか。ヤカンは黙っている。当てて欲しい気がしている気がする。

「でかけようよ〜」

と、コドモ5人。朝の会議は終わった。いい会議だった。みんな二日酔いじゃなければ、素晴らしい答えを出せたにちがいない。

薔薇夫婦は…幻?

会

っちゃうんだよね〜。

「早く決めてよ」

みたいな、少し大きい声がして、レジ方面を見ると、知っている顔が。出かけた先で入ったコーヒーショップで、ムスメの習い事先が一緒の、少ぉーし苦手なママがコーヒーを買っていた。ゲッ。注文を早く決められなかったのはダンナサンっぽい。まだ怒られとる。やっぱ、家でもイバってんだな……　すみません、毒が出た。

いや〜、この駅で会う?　会っちゃう?　テリトリーここ?　って、あっちも思うか。いや、わたしのことは知らないと思う。あちらが目立つママなのだ。あちらが薔薇《ばら》なら、わたしは野菊《のぎく》のような人だ。野菊も良く言いすぎだけども。野菊は気づかれないように顔を伏せ、薔薇夫婦がどこに座るか、三白眼《さんぱくがん》で。この顔、自撮りしたくねー、と。薔薇は二つとなりの席に座った。なんか話が丸聞こえポジション。

子供の受験のことを話し始めた。聞いちゃいけない話を聞いちゃう覚悟をする。ところが。フッと、ニュースの話になったりして、レオパレス21の悪口を言ったりして、笑ったりして、仲良しの口調なのだ。「ハワイ」とか言ってる。

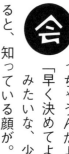

夏に家族で行くらしい。ヤダー、とか言っている。

なんだ、円満じゃん！「家でもイバってってから……」なんて思った自分のバカバカ。

野菊は思い出していた。結婚している女（男）の悪口は安心して言えるっていうのがあったな、と。どんなにヒデー奴《やつ》でも、コイツを愛している女（男）が一人、いるんだ、という安心感でエンリョなく悪口が言えた。薔薇の悪口も言えそうな気がした。家庭円満じゃないママの悪口は心が濁《にご》るけどさ、幸せな妻が外ではヒドイって悪口は言いやすいかも……。

勝手にあたたかい気持ちになった。先に席を立った2人を目で見送った……　ら！　ぜんぜん知らない夫婦だった。へ？　薔薇夫婦はコーヒーを買ってすぐ外に出たっぽい。

え？　仲良し、幻？　わたしが作り出した夫婦は今どこに……　野菊は揺れた。花びら、1枚抜けた。

「レイワかぁ～～」

とか、言っちゃって。元号発表の瞬間のわたしの発言ときたら、改元体験2回目の余裕こいちゃって、ちょっとヤな感じの発音だった気が。30年前、「平成」の額の、あの瞬間を見たもんだから、なんか今回も「見なきゃ」となって、ふだん、ラジオ生活の今年50歳は、4月1日、「テレビの前」に座っていた。春休み中のムスメ（9）も誘って。だって、ムスメは将来、

「えー、○○君、令和生まれ？　わかーーい」

とか、言う。絶対、言う。で、若い○○君を目で流しながら、年の近いほうに、

「ねーねー、令和って出た時、何してた？」

って、聞く。絶対、聞く。飲み屋で。以上のコトから、この瞬間を見るのは、味噌《みそ》でいうところの大事な「仕込み」ではないだろうか。だって、

「平成　って出た時どこで何してた？」

は、けっこう使った。わたしの「その時」は、これ。

↓↓上京して1年目。風呂なしアパート四畳半。コタツで寝ていた。学生。漫画のアシスタントしながら生活費稼《かせ》ぐ。貧乏なので痩《や》せてた。（ここ。笑うとこ）。ふと起きて、テ

その時、何してた？

レビをつけたら画面が暗くて「あ…」と。やっぱりそうで、しばらくして、あの「平成」を、見た。すごく空が暗くて……　なーーんて、言うと、

「もう働いてた」「まだ中学生でした」「生まれてません」と、色々わかるのだ。ちなみにうちのヨシダサンは「伝染《うつ》るんです。」の1話目か2話目を描いて、友達と飲んでたそうです。味噌でいうと発酵してる。このように、

「その時、何してた？」

って、ある。その時の自分を覚えている出来事や事件が、ある。御巣鷹山《おすたかやま》の飛行機事故の時はまだ長野の実家にいた。長野の山に墜落したのでは？　と、大騒ぎだった。平成になった時は四畳半で、地下鉄サリン事件の時は妹と母が大学の卒業式で地下鉄に乗っていて、何時間も気を揉《も》んだ、東日本大震災の時はムスメが1歳だった……

思うと、悲しい気持ちがセットだ。でも「令和」は違う。令和、ちょっといい気がした。何様だ。

お食事中の方、そうでなくても嫌な予感のする方、予感は当たっています、どうぞここはあとまわしにして、お読みください）

「おとうさんとおかあさんは、ウンコ味のカレーと、カレー味のウンコ、食べるとしたらどっち？」

と、ムスメ（9）が、キャッキャッと、うれしそうに聞いてきた。食事中に。さすがにカレーじゃなかった。そこは、ほめてやりたい。学校で、はやっているんだろう。わたし、おもしろいこと言ったデショ！顔、だ。

（さて、どうしようか）

チラッ、と横を見ると、ヨシダサンが、厚揚げを食べていた箸《はし》を置いた。そして、ものすごい真面目な顔を作って、ポツリと、言った。

「おとうさんは、その答えを、小学生の時からずっと考えている。そして、答えはまだ出ていない」

シーン、となった。

（なるほど。了解）

笑わないおとうさんに、ムスメはあわてて、

「お、おかあさんは？」

と、首を回した。わたしも、ものすごい真面目な顔を作

今、答えを出すのだ

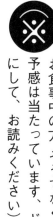

って、シイタケをつついていた箸を置いて、ポツリと、言った。

「どちらかを選び、それが目の前に出てきたら、ああ、こういうことか、って、初めてわかるんだと思う。それは何か？　今も考えています」

います。というテイネイな言い方に、でっかくシーン、と、なった。こんなことになるとは思っていなかったムスメは、

「し、真剣に考えないで」

と、止めにかかった。

「無理だ。今までこの有名な質問に答えを出さずに生きてきた。今、答えを出すことに決定したのだ」

と、天の声がした。ヨシダサンの声だが。

「見た目はどうなのか」

「ウンコに見えてカレーか」「カレーの形のウンコか」「カレーだが、よく見るとウンコか」「逆なのか」

劇団のセリフのようだ。

「やめてーーー」

客のムスメがピューーッと、逃げた。フッフッフ。ついに勝ったようだ。ん？　なにに？　大丈夫か？　わたしたち。

アタシ
ツマ
おかあさん
リササン
漫画家　47歳～49歳
ムスメ
小学4年生!!
小2
低学年～中学年
7歳～9歳
ヨシダサン
ダンナサン
おとうさん
漫画家
吉田戦車
53歳～55歳
毎日ごはんをつくるように。

Part 3 私なアタシ

「ガッポリ」未来のために

小さいお店などで、カウンターから皿をかえすのがキライだ。

「いいことしてる」みたいな顔でカウンターのこあがり（って、いうんだろうか？）に皿をのせる人を、わたしはマジマジと観察する。

「のせ」が必要な店もあるけど、「のせ」が必要ない店で、台拭きを借りてカウンターを拭く人さえいる。

（ちゃんと客でいろよ）

と、そっと毒を出す。

しかし今夜、「のせ」じゃない近所の中華屋でわたしは、セッセとカウンターに皿をのせていた。

き、気持ちが悪い。

でも、今日すごい混んでるんだもん、若い店主一人なんだもん、次の料理置けないし、すごい段差で店主の手は届かないし、これ設計ミスじゃないだろうか。問い合わせの電話も取っちゃう店主。ガラッと「持ち帰りOK？」の人くるし、隣のカップルは頼んだ紹興酒《しょうこうしゅ》が来ないからイライラしてるし。

みんな、ころあいを見計らって注文している。やばい、便利な優しい客になってはいけない。駅前に出なくてもいい近所のおいしい中華屋さんは貴重だ。エラそうな言い方だけど、育てなければならない。この店のためにならない。のに、なんてことしくさっているんだ、わたしも。

（原稿料は必ずいただく、に似てる……）と、そっと思う。

漫画家は漫画の未来のために「原稿料いりません」をしてはいけないのだ。エライ先生やチューケンどころが「いい顔しい」やサービスのつもりで「安い」「無料」の仕事をしてしまうと後輩が食べていけなくなる。イコール漫画界が育たない、イコール自分もくいっぱぐれる。

チューケンのわたしは「いい顔しい」して、二回失敗した。地元の知り合いの仕事でタダでイラストを描いてしまった。そのあと、地元の後輩が同じ仕事で原稿料もらえなかった。同じ時期に他で似たようなことをしてしまった。

そうだ、原稿料はガッポリもらわなくてはいけないのだ。うふふ。とか考えてるの、このカウンターでわたしだけだなと思ったら、ちょっとおかしい。

おかあさん、いま、なにわらったの？
ん？いや
この餃子
おいしいなって。

会わなくてもわかる人

じつは、
似ちゃいそうだから
新聞よんで
いません…
(益田さんの回の)
告白

小学生あたりの頃って、ハッキリいって家族は2番、友達1番だった。おませってくると、家族は3番、友達2番、好きな男の子1番、だった。いや〜、家族、ごめん。

しかし、とてもシンプルだった。一緒にいたいと思う時間もそれに比例していて、家族より友達と遊びたくて、でも友情は男の子の下で、家族は、嫌いじゃないけどただの家族だった。恋愛感情が一番上等な気持ち、一番大切な優先すべきモノだと思っていたし、ドタキャンの理由が男なら友達を許せたし、許してもらっていた。そして「好きな人には会いたい、長い時間会っていたい」のが当たり前だった。

最近はちがう。友達とはなかなか会わない。まあ、お互い忙しい。一緒に仕事をしている人やご近所さんといる時間が長い。いい人ばっかりだけど好きか嫌いか考えたことない。家族は好きだが、ムスメが学校に行くとホッとするし、ダンナサンが台所にいると「お茶、あとでいいか」なんて部屋に戻ったりする。一緒にいる時間と愛情は比例しなくなっちゃった。

そしてついに「好きな人には会いたくない」という気持ちを知った。好きなタレントさんや作家さんに会っても、どうにもならないし、一緒にお茶飲んだらきっと苦しい。苦しいのやだ。っていうか、さっき見てきた歌舞伎《かぶき》の話をする時、本人がいると邪魔である。

その気持ちの親戚みたいなので「会わなくても大丈夫な人」という枠があるのに気付いた。会おうと思えば会えるけど会わなくていい人。会ったら楽しいだろうなあ、でも会わなくてもわかる、というか。いつかどこかで会えると、なぜか思っていて、親戚の集まりで「あの人も来るよ」と聞くとホッとするような。でも連絡先は知らないみたいな。

それが益田《ますだ》ミリさんなのだ。同い年で、連載の雑誌が色々

かぶっていて、久米宏《くめひろし》がラジオで「オトナ女子の益田さんが好き」と言ってるのを聞いて2秒、嫉妬《しっと》したけど、テレビCMで並んでいると嬉《うれ》しいのだ。

会ったことないけど大丈夫なのだ。

なんか腹・立つ(by妻)

蛇をみたら住所と氏名と欲しい金額を言うと、持ってきてくれるという…
リサって蛇、見るて必ずさ、
うんうん
コレ
やるよね。
で、
いつも一億円くださいって言うよね。
ぐらぐら
いちおくえんってこれくらいかしら?
そろそろ、くるかな?
その一億円って数字にリサの限界を感じる…
うう、うう…
な、なんか腹、立つ…

生で使う郵便切手は、もう全部買っちゃったなあ、と思う。いや、まて。全部使いきれないかもしれない。何枚あるんだ？　記念切手がごっそり。なんでこんなに買っちゃったかなあ。一生懸命買ったわけではない。熱心に集めていたわけでもない。「ちょっといいなあ」とピン！とキタ、のだけをよりすぐって買っていただけなのだ。80円、50円切手がいっぱい。まさか、82円、52円の時代が来るとは思わなかった。この2円のあたりで「もう切手は買わない」と決心した。ウサギさんの2円切手をチョコッと下に貼《は》って、買った切手を使い切るのだ、と。

で、ウサギさんの切手を買い足しているわけで。年賀状の書き損じを持っていくと切手にかえてもらえるし、切手シートは当たっているし（うれしいけど）、つまり、ふ、増えている……。プラス、「使えない」切手もあり、「鉄腕アトムのシートなんて使えないよ！」なんて切手を眺めていると、ぎゃ！　82円のも買っているじゃないか！　でもさ、酒井《さかい》駒子《こまこ》さんのだよ？　買うでしょ……。

ふと、母の手紙の切手が長い。貼っている。貼りまくっている。昔の切手だ。10円、15円、5円。今日届いた手紙

ふと、切手が長い…

には1970年日本万国博覧会記念切手15円がまざっている。つい、計ってみた。長さ約16・5㎝。

「つ、使い切ろうとしている……!」

気迫を感じる。年を取ると切手が長いのかもしれない……と、横を見ると、同い年の友人が同じこと始めていた。

わたしがチケットを取って代金を現金書留で送ってもらう、というやり取りを何回かしているんだけど、現金書留に貼られた切手が長い。合計560円分の切手を貼っている。貼りまくっている。今回は2列だ。10年前の年賀切手もある。2007年はイノシシ年だったのか。

「つ、使い切ろうとしている……!」

気迫を感じた。料金を調べて、切手を並べて、合計金額になるよう組み合わせて、きっと舐《な》めて……。切手が長い年になったか。シミジミとした。太陽見ながら、腕組みをしている。

また、ギックリ腰っぽいのだった。

　庭の草取りがいけなかった。枯《か》れたムラサキナバナを抜いた時にグキッと。歩くと楽になるので、近所の住宅街を歩いていた。近くの中学校から出てきた部活帰りだろうか、のろのろ歩く体育着男子3人を追い越した。しばらくしてうしろから、

「今、笑ったのは○○君でーす」

　と声がした。

「バカ、やめろよ！」

　ゲラゲラゲラ。笑い声。

「？」

選ばれる理由

と、なったが、ああ、わたしか。なんか笑われたのか。と気づいた。急ぎ足で3人からどんどん遠ざかるのだが、まだ笑い声がする。

さて。

○○君は、わたしの何を笑ったんだろうか。そういえば。去年、旅行で行った韓国でも似たようなことがあった。博物館に行ったのだが、たぶん学校の授業で、集団で来ていた高校生の男子ひとりが、上りのエスカレーターでわたしの隣にピタッと、並んだ。追い越して行かない。

「?」

うしろからドワッと、仲間の笑い声。はしゃいでいるけど、言葉がわからない。なんかの罰ゲームみたいな雰囲気。

(ハイハイハイ、バカ野郎)

と、オバサンぶったが、まあオバサンなのだが、国を越えても、何かあるのだ、わたしに。つまり、「選ばれしオバサン」なのだ~~!(ヤケ)

奴《やつ》ら(と、言っていいと思う)は、杖《つえ》をついたおばあさんにはそんなことしないだろう。モデルさんみたいな美人にもしない。「美人」や「美男子」が奴らを黙らせる力はものすごいのだ。電車の中で見たことがある。こわ~いサ

ングラスの人にもしないだろうし、校長先生にもしない。知り合いのお母さんにもしないだろうなあ。つまり、

「わたしに、何かがある！」

か、

「わたしに、何かがない！」

のだった。それはなんだろう。なぜ、わたしは選ばれたのか。もしや、一大研究ではないだろうか。人間学。どっかの卒論書けるんじゃないか。タイトルは「選ばれる理由」。もちろん「愛される理由」のパクリである。なんか腰がどんどん良くなってきた。よかった。

奥さんの往生際

お酒をキッパリやめた友↓
ラクだよー
ウーロン茶
酒
えーわたしもやめようかなー
あと3年くらい呑んだら…
スッパリとなんてね♥
あ…
見られていた…
3年て!!
ヒヒヒ
なんとあさましい数字だろうと、思ったさ
うううう…
3年は呑みたいと!!
酒裁判…

キンカンでどこまでも

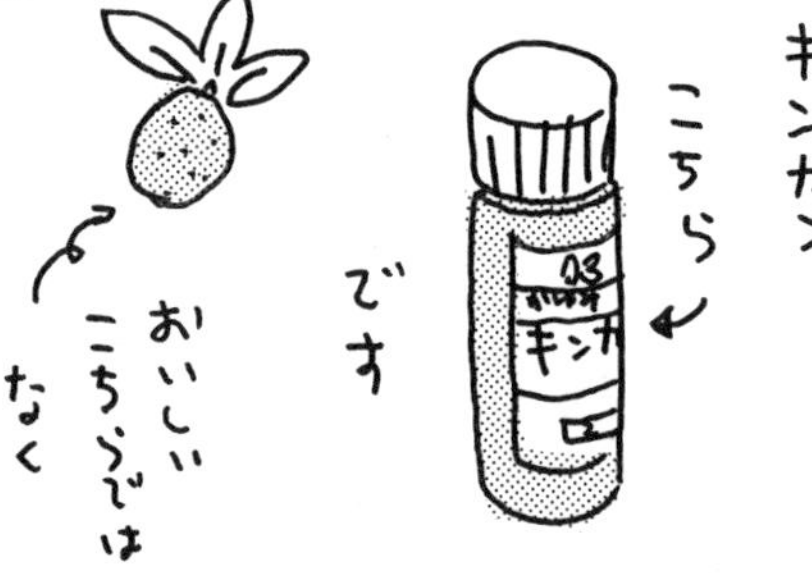
キンカンこちらです
おいしいこちらではなく
キンカン

淹《い》れたてのコーヒーの横にキンカンがあった。朝、ムスメを送り出して一息、仕事用に淹れたのを、台所のテーブルでちょっと一口した時、そっと立っているキンカンに気付いた。朝日が当たって、黄色く茶色く光っている。

（なんで君はここにいるんだ？）

ご飯用のテーブルの上にキンカンがあるのは、ちょっとカッコ悪い気がした。

（あ、ヨシダサンか）

庭にまだ蚊《か》がいた。ヨシダサン、さっき玄関先を掃《は》いていたから、刺されたな。

（ありがとう、だな）

ご飯も、もう1年以上作ってもらっているなあ。結婚した頃、こんな逆転がくるとは思わなかった。結婚して10年か…… しかし、秋に蚊って、地球温暖化だよな…… わたしはキンカンを眺めながら遠くへ出かけた。

で、思い出した。きのう、猫2匹がテーブルの上の人間用焼き魚にちょっかい出して、

「コラ〜〜ッ！」

と、なり、人間が脅《おど》かすよりキンカンをかがせるとよい

のでは、と試したのだった。猫はキンカンのにおいにびっくりして、シバシバの目で、もうテーブルに乗らない。そのまま「しつけ用」として置いたのだった。そんなキンカンだった。

そんなことで、テーブルの上にキンカンが普通になった頃、知り合いが遊びに来た。家族でフランスに住んでいて、なかなか会えない。2年ぶりだ。コーヒーを飲みながら、

「わたし、世界史が苦手でね」

と、ポツリと始まった。なんか、遠い目になっている。

「世界史の教科書が、勉強していないからピカピカで。実家の親が捨てられなくて」「それをこないだ実家でパラパラ見たら」「たった一つ、書き込みがあって……」「リンカーンの銅像の写真の横に、このキンカンの絵……」「リンカーンで、キンカン……」「ほんとうに勉強しなかったなあって」「そんなわたしが、外国に……」

で、なぜ、ここに？　と、キンカンを見ている。わたしよりもっと遠いところまで出かけていたようだ。このように、オトナは、キンカン1本でどこまでも出かけられるのだ。

「今、家にいますか?」

ブルッと、ラインがきた。飲み会などの集まりで一緒に遊んでいただくオネエサマからだ。

「玄関先で帰るのでちょっと寄らせてもらってもいいですか?」

だって。ん? もう夕方だ。漫画描いてたペンを置いてイマス〜と返信すると、

「息子も一緒です。ホントにすぐ帰りますので」

と、きた。マッテマス〜と、返信しながら、(何かあった??)と、なる。そういうふうに家に人が来ることがあまりないのだ。息子さんは、R君。来年、成人式。小学生の頃から知っている。

「R君、来るってよ」

と、伝えに行く。ヨシダサンを通じた知り合いなのだ。じ、実は……

R君は、初恋がわたしなのだ(申し訳ない……)。わたしが結婚してちょっと振られた気分だったんだけど、子供産んで太ったわたしを見て、心の底からの「さようなら」を言えた、というネタをもっているR君。もう身長が180cmを越えちゃって、見下ろされる感じの遠い昔だ。

そんな年になったか

「この人が初恋じゃ、かわいそうだな」

と、ボサボサの髪をなおす。ピンポーン。すぐ来た。玄関先に、おめかししたオネエサマと、R君がひょろ長く立っていた。低い声で、

「挨拶《あいさつ》にきました」

へ？　よく見るとスーツにネクタイ。着なれていない。ど、どうした、どうした!?

「今日、ハタチになりました」

だって。キョウ!?

「毎年、お年玉ありがとうございます」

だって。さっき、じーちゃんばーちゃんとお祝いの食事会してて、帰り道にうちに寄ることを思いついたんだって。ヨシダサンが廊下《ろうか》で半コケしてるけど、ビックリして靴下ですべったんだって。二人はすぐに帰って行った。わたしは驚いていた。なにに？

「お年玉あげてたよその子さんに、ハタチの誕生日にスーツで挨拶にこられる、そんな年になったか、俺たち！」

に、かな？　とヨシダサンが言った。それだった。うなった。その夜、ハタチと「それ」に乾杯した。

「えっと、チューブのいちばん小さいヤツをください」と言うのが、わたしのオロナインH軟膏《なんこう》の買い方だ。ひさしぶりに買う。カバンに入れて持ち歩きするからチューブ派。万能……とは思っていないんだけど、なにかと頼ってしまう。

最近はムスメによく使う。洗面所にも1チューブあると便利なので、買い足すことにした。ヨシダサンも持ち歩いているので、吉田家、現在3チューブ目となるH軟膏である。小さな茶色い箱が好き。しかし、薬局の人が出した箱が大きい気がした。

「いちばん小さいヤツ……」

ですか？　と確認すると、

「いちばん小さいサイズです」

と、自信を持っている。こういうとき、たいていわたしが間違っているので、言うことを聞いて買って帰る。家で開けると、なんかちょっとやっぱでかい。や、やられた～と唸《うな》りながら、ん？　今までと違う。手触《てざわ》りが。温度も。

「ああっ、変わった！」

チューブの素材が、金属のグニッとした冷たい感じじゃなくなって、プラスチックのやわらかいプニッとした温か

さみしいチューブ

便利でさみしい
（山頭火ふうに……）
食べすぎてくるしい
のみすぎて頭いたい
いやだよ、こんなカルタ……
た
の
べ
ふ
太ってる
やせたい

い感じになっちゃっているのだ。

「うへーーっ」

新旧、並べてみた。素材の関係か、新は2センチくらい背が伸びた。表記をみると10グラムが11グラムに。（変わってごめんなさい、1グラムサービスです）って、言っている気がした。気づくと、

「さ、さみしい」

と、つぶやいていた。今まで気づかなかったけど、金属のグニッとした手触りが好きだったようだ、自分。タイガーバームをみたときに「これはきっと外国のオロナインH軟膏だな」と思った小学生の頃がよみがえる。デザインでそう感じたのだ。触っているだけでどんどん出てきちゃうあの感じも思い出してみる。使い始めにフタの裏のとがったので初穴をあける喜びも……。

ん？　それ、オロナインの思い出だろうか。今となってはすべてが自分の頭の中。便利くさい新チューブは、使うとやっぱり便利だった。便利でさみしい。そんなお年頃なんだろう、と思う。

「衣類裁断」縛り

台所の「二十四節気・七十二候　歳時記カレンダー」を見る時は、ぜんぜん緊張しない。

「わあ、来週は『桃始笑』→『ももはじめてわらう』だって♡」

今月もカワイイ〜　なんて、思う。そのあと、6畳間に吊《つ》るしてある「日めくりカレンダー」を、めくりにいく。少しだけ緊張する。それは、

「衣類裁断、あるかな」

で、ある。「衣類裁断」とは。この「衣類裁断」、日にちのデカイ数字の下に、旧暦とか、大安仏滅とか、格言ぽいヤツ、と一緒に並んでいる「行い」のコーナー……　というのか「婚礼に吉」とか「神事、仏事に凶」とか「遠出に吉」などの中に、いる。しょっちゅういる。1週間に1回は登場する。去年の日めくりは「衣類裁断」に熱心ではなかった。ヨシダサンが近所の本屋さんで買っていた日めくりが、本屋さんがつぶれてしまって、ネットで買ったらメーカーがかわったのだ。本日も「衣類裁断」が、いらっしゃった。

「衣類裁断は大凶」

だ、大凶。なんで大凶なのかはぜんぜんわからない。で

も、今日は決して衣類裁断はするまい、と思う。「衣類裁断」が出た日は、ヨシダサンに報告することにしている。

「本日、大凶です」

うへ〜、決して裁断するまい、と同じことを言っている。

今まで、

「衣類裁断に大吉」

「衣類裁断は厄あり」

「衣類裁断は寿命を増す」

「衣類裁断すれば火難に遭う」

などがあった。うちの衣類裁断は、古くなったタオルやシャツを掃除用に小さくするだけだけど、どうせなら「寿命を増」したーい、と「良き日」に、せっせと裁断している。


出会ってしまったのだ。「好きな日に衣類裁断できない苦しみ」に。しかし、この苦しみ、なぜだか気持ちいい。「今日ダメ」って言われるのって、いい。喜んで裁断していない。自分が「衣類裁断」縛《しば》りが好きだなんて、知らなかった。そして前より衣類裁断が好きだ。不思議だ。今日も少し緊張してめくっている。

上手なひと、下手なひと

ガッシャーン!

割ってしまった。ハイボールのグラスを。カラオケやさんで。ムスメが「プリキュア」をノリノリで歌っている時に「宇宙戦艦ヤマト」を予約していたお父さんが。腕に引っ掛けた。

わたしはイヤな顔をしてしまった。「面倒くさい未来」が見えたから。①店員さん呼んで②謝って③あ〜あ、みたいな顔されて……。でも、やるしかない。室内電話をプルルと鳴らす。神妙《しんみょう》なヨシダケ部屋に、チリトリとホーキとオシボリをたくさん持ったお兄さんがバーンと入ってきた。そして一番に、

「お怪《け》我《が》ございませんか?!」

と、心配顔で言った。怒られると思っていた3人は、子供のようにプルプル頭を横に振ると(1人は本物の子供だが)、

「よかったです!」

と、笑顔のお兄さん。あ、そのままで! 危ないですから〜と、四つんばいのお兄さん。ヨシダケ全員、起立していた。ついでに感動していた。そう言うのが店の決まりかもしれない。そうだとしても、上手だった。「わたしも誰

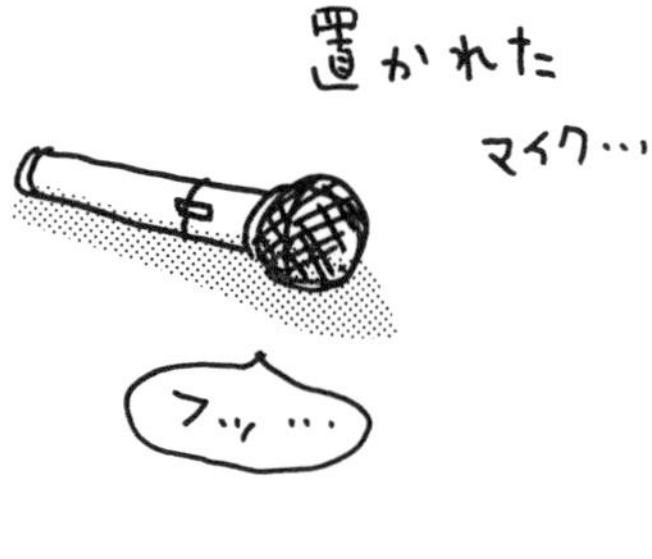

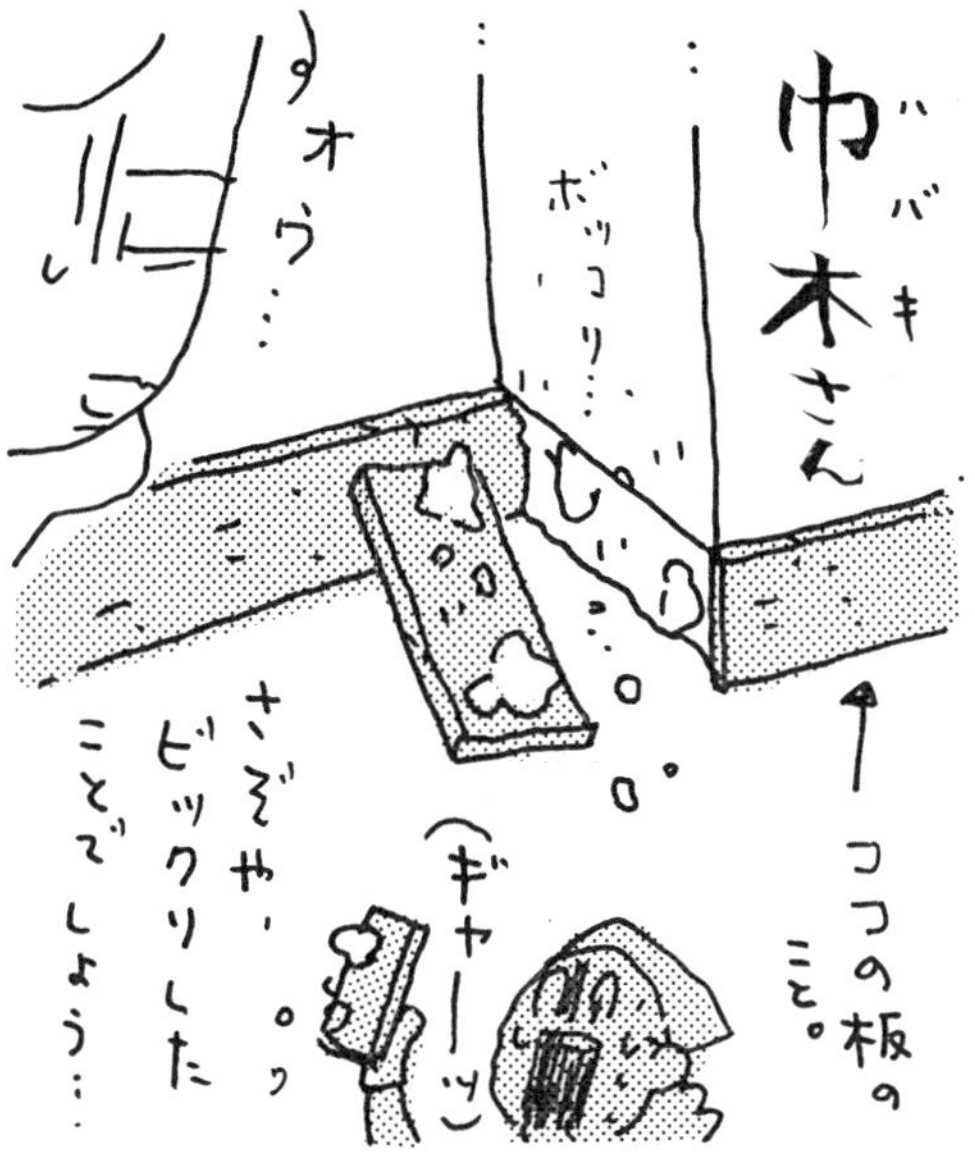

かグラス割った時、そう言いたい！」というすごい欲望がわいた。あー、絶対マネしたい。だれか割りませんか。

それはすぐ来た。１階から女の人の声がする。

「お、お、奥様〜」

……奥様？　あっ、ダスキンさんか！　本日、月１水回りだけお掃除コースを申し込んでいるのだ。奥様はわたしだ。降りると、台所の床を指さして謝っている。来た。まってました。了解です。どうぞ。

「ハ、ハバキを……」

へ？　ハバキ？　って、なんだっけ？　あー……。ここ、巾木と言います（イラストをご覧ください）。ガポッと、取れている。壁の珪藻土《けいそうど》ついたまま……。ど、どんだけ、熱心に拭いたんだ。か、怪力？　どした、これ。す、すげえ……。笑いそう。しかし、わたしは急に止まれない。

「お、お怪我はございませんか？」

不思議そうに言ってしまった。怪力のダスキンさんはうつむいた。わたしは、とっても下手だった。

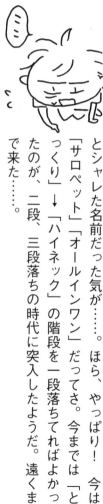

ムネアテに胸騒ぎ

「タートルネック」が抜けている!!と、読者の方からお知らせがありました。

「ムネアテ」を見るとさみしい。

いや、ちょっとまて、わたし。もう「ムネアテ」って絶対、絶対、言わない。これは「とっくり」と同じだ。ネット様で調べたら「オーバーオール」画像が。そうだった！ が、もうちょっとまってくれ、自分。もっとシャレた名前だった気が……。ほら、やっぱり！ 今は「サロペット」「オールインワン」だってさ。今までは「とっくり」→「ハイネック」の階段を一段落ちてればよかったのが、二段、三段落ちの時代に突入したようだ。遠くまで来た……。

「ムネアテ」だった時は小学生。お気に入りだった。ムネアテ部分のポケットに大事なものを入れるクセがあった。一度目は、焼き芋を入れていた。学校の焼きイモ大会だった。トイレにいった。ギリギリまでガマンしているのが小学生。

和式のドッポン時代だった。イモはストーンと遠くに落ちていった。友達にも言えなかった。食べ終わったフリをした。

二度目は、親戚の家だった。小学生1人で泊まりに行くという大イベントの日、ムネアテだった。イベントの日に

ムネアテを着るクセがあったようだ。母から、
「おばちゃんに渡してね」
忘れないでね、と、3240円の入った茶封筒をムネアテのポケットに入れていた。子供には大金だった。小銭が入っているのを覚えているのは、落ちた時に「チャリーン」っていったから。

親戚の家も和式のドッポン時代だった。お金もストーンと遠くに落ちていった。言えなくて何カ月もたったあと、母の大目玉が。何かを立て替えてもらっていた母。すまん。

二度あることは三度ある。でも三度目なかったな……と、なぜ、今さみしくなっているのかというと、洋服の整理をしていたらムネアテがでてきたのである。2年くらい前にサロペットという名で買ったヤツだ。布地がジーンズじゃなくて油断した。お腹《なか》冷えなくていい、とか言って。

次に何を落とすんだ？　焼き芋より、お金より大事なもの？　そんなモノある？　さ、さみしい。

「ブンカケ〜」オジサマ

「イトーさんは、将来さ、あとがきみたいな文章を書くといいよ」

と、20代の漫画家のわたしに、文章をすすめるオジサマ編集者、3人チームがいた。時々、仕事で集まる、なんか変なチームだった。なんかさ、漫画の単行本のあとがきが漫画よりおもしろいからさ、と、漫画の編集やってるのに、シツレーなことを言うのだった。その3人のオジサマと、つまり4人でお酒を飲むと「文、書け」「ぶん、かけ」「ブンカケ〜」「スガワラブンタ〜」とか、よくわからなくなるのだった。ただの酔っ払いだった。

で、朝日にのった。

「ほーら、文の仕事、来た！」

「オレ当たっただろ〜」

と、オジサマ①は、イバッた。そんで、

「オレの読んでる新聞にイトーさんが書いた！」

と、なんか、「らしい」喜び方をしてもらった。ぜんぜん会わなくなっていたけど、本を送ると手紙かハガキがきた。

一回、

（あれ？　今回、ハガキ来るの遅かったなあ）

と、思った。

オジサマ①が亡くなった。病気だった。やっぱり、と思った。だって、ハガキが遅かった。生きているオジサマ②、③とお通夜にいった。帰りに居酒屋で、

「イトーさんはさ、あとがきみたいな文章書くとイイヨ」

と、オジサマ①の、モノマネをした。

「イトーさんはよぅ」

って、のばすんだよね〜　のばす、のばす！　と、笑った。そしたらオジサマ②が、

「なんか腰痛きた。ごめん、帰る」

と、帰ってしまった。

「あ、ホントに帰った」

と、残されたオジサマ③とわたしは、

「オレ、キャバクラが嫌いで」

「わたしは手品が嫌いです」

と、変な告白をし始めた。ほんと、手品に心が動かないのだ。同じく、キャバクラに心がピクともしないそうだ。

「実は人生ゲームも嫌いです」

とも言ってしまった。けっこう秘密なことだった。ぜんぜん涙が出ない夜だった。なんか、そういうオジサマ①だった。これ読んだら怒る、と思う。

アレ
おかーさん
今日
まっくろ
だねー
うん
まっくろ
でしょー

小学生の時、ピンポンパンポーンと校内放送で、

「みなさん。○○先生が、ケセランパセランという珍しい生き物をつかまえました。職員室前の廊《ろう》下《か》に見に来てください」

というのがあった。みんなで、

「？？？」

と、見に行った。フワフワが箱の中でフワフワ飛んでいた。※イラストをごらんください。いや、わたしの絵、いつもかなりあやふやですが、今回はケセランパセラン自身があやふやで。名前も呪文《じゅもん》みたいで。最近「ケサランパサラン」が、正しいと知る。「セ」じゃなくて「サ」。先生、間違えていた。貼《は》り紙に、

「エサはおしろい、です」

と、あった。お化粧の？　食べるの？　綿毛《わたげ》デショ……？　謎すぎて、みんな離れていった。あとで中庭に、はなしたらしい。飛んでったって。

今「ケサランパサラン」という化粧品メーカーのパフを使っていて、（あのフワフワからつけた名前なのかな）と、ボンヤリ、パフパフ、思っていた。それが。40年ぶりに、飛んできた。

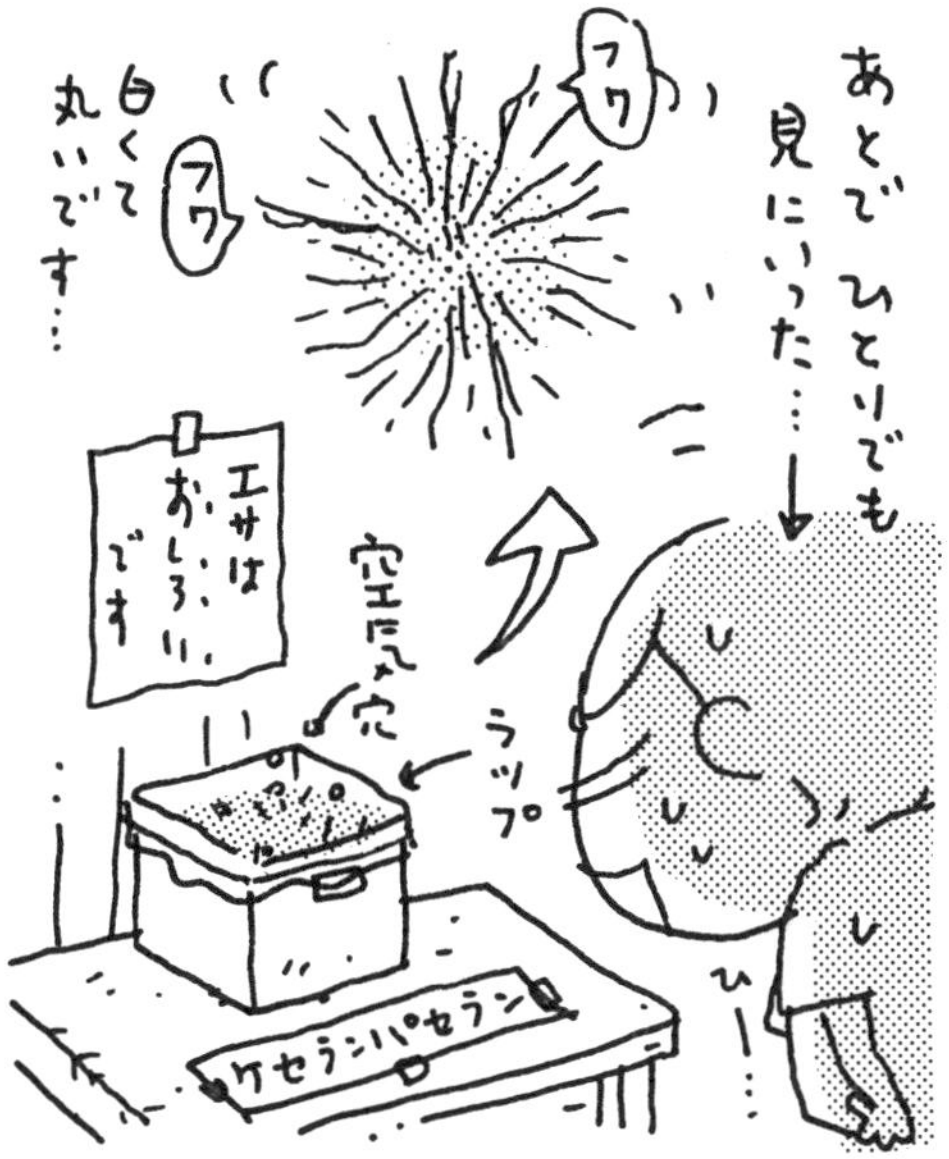

どこで。環状八号線で。ムスメと歩道を歩いていたら。フワフワ、まっすぐ、こっちに。

（よ！　久しぶりだな）

と、言われた気がした。

「ケ、ケセランパセラン！」

と、つい、間違ったほうで呼ぶ。綿毛好きのムスメは「デカイ！」と、手を伸ばした。生きてる？　逃げた。なんと、二車線の車の上やら横やらを、白いのが何匹（？）もフワフワ、歩道に飛んでくる！　こ、これが、海でいうところの「大漁」!?　ちがう。8歳と48歳、環八で大騒ぎ。足元を飛んだり、顔の横で止まったり、手のひらに乗ったりして、総勢12匹（？）が通り過ぎた。車や人から見ると、謎の物体を見ている自分たちが謎になっとる。「ケセランパセラーン！」とか言ってるし。

長野の小学校で見た時、ムスメと同じくらいの年だった。あれから40年。東京の真ん中で、ムスメとケサランパサラン。遠くにきたような、戻ったような。からかわれたような。

①柿ピー
②おむすび山
③カレーせんべい

これらを買うのが、今回のわたしの任務だ。絶対忘れるので紙に書いてスーパーにきた。このメモ落として「お嬢さん」なんつって、ハンサムに拾ってもらっても恋に発展しなさそうだ。

これは、スーツケースに入れるお土産なのだ。フランスにいる日本人家族からのリクエストで。これはフランスにはなさそうだわ。フフフ。あ、サッカー、優勝おめでとうございます。でも、これはフランスにはないわ。ヒヒヒ。そう、フランスに行くのだ。家族でお世話になる。だからこれは日本からの貢《みつ》ぎ物なのだ。間違えてはならない。

柿ピーはすぐ見つかった。カレーせんべいも、柿ピーの近所にあって、へえ、こういうのがあるのか、おいしそう、と、すぐ見つけた。みっつずつ、カゴに入れる。よし、次、おむすび山。

さあ、ここで、わたしは。

柿ピーとカレーせんべいに挟《はさ》まれたおむすび山（わたしが勝手に挟んだのだが）を、「お菓子」と勘違いした。お

遠い「おむすび山」

菓子コーナーで「おむすび山」を探してしまう。「おむすびの形のおせんべい」だと。そういうの、あるよね〜と思い込んで、さまよった。「おむすび山」は、ご飯にササッと混ぜて簡単においしい、おかあさんの味方の、有名なアレなのだ。それも知っていた。思い込みとは恐ろしいのだ。無いのだ。メモに、

「シャケ、タラコ味。他、何味でも。」

と、ある。人気商品っぽい。見つけられないのは、使えねー感じだ。サラリーマンだったらちょっと。周りの人はどんどんレジに並びに行く。わたしひとり、旅に出ていた。もう20分探している。フランスより遠い気さえ。店員さーん。お、

「おむすび山はどこですか？」

昔話のセリフみたいだ。父親を探しに登りそうだ。

「おむすび山、ですね！」

丁寧に、ふりかけのあたりに案内された。あああ、これか。これだ。長い道のりだった。フランスへの旅はもう、半分終わった。

せつないスーツ

サラリーマンが苦手だ。サラリーマンは描きたくない。目を閉じる。あのさー、なんでサラリーマン主役にしちゃったかな。スーツが……スーツがうまく描けない。

49歳、漫画家。今日も元気に「スーツ」を理解していない。他も色々理解していないことこのうえないけど、とにかく、スーツ、No.1。香水の名前みたいになってるけど、まず、襟《えり》。この三角&三角のとこ、どーーなってるの？ 描いてて思うんだけど襟、必要？ 縞《しま》模様の時、ここ、どうなる？ ポッケある？ ネクタイってさ、二重にたれてるうしろの長さ、どれくらい？ バーで、うわぎぬぐ？ うわーーーー。

　走って、男のファッション誌を買ってくる。マジマジ見る。かっこよすぎる。欲しい情報コレじゃない。最近、まちがえて、ダニエル・クレイグの007見て描いてしまった。かっこよすぎて、ネクタイ立体すぎて、怪《あや》しいサラリーマンになってしまった。「今、日本の平均的なサラリーマンさん」が、美大の卒業制作の課題だったら、わたし卒業できない。

　理由として、まわりにスーツで暮らしている人間がいないということが最大だ。父親は自動車板金《ばんきん》塗装の作業服の人だし、ヨシダサンはTシャツの人だ。編集さんもスーツじゃない。なのに、今月もサラリーマンを描かないといけない。つーか、主役なんだよっ。

どうしよう。

ところが。

ポヨッと、流していたラジオでとっておきなことを聞いた。歌謡曲の話だった。「歌というのは、理解した人が歌うとエグイ」んだって。逆に、理解していない人が歌うと、せつなかったり、泣けるんだって。おおお。若い山口百恵《やまぐちももえ》とか中森明菜《なかもりあきな》とかが、年齢よりちょっと先?の話を歌っていた理由がわかった気がした。

あと、悲しい歌は「悲しい顔」で歌うとダメで、逆に「笑顔」で歌うんだって。これだ。これにしよう。そうしよう。「スーツは理解していない人が描くと泣ける。せつない」

大丈夫な気がする。これでいきたい。笑顔。

はじめ、「押し売り」と思っちゃったのだ。というのは、数日前、区の方からきました的な態度で、敷地内の下水溝を見せてくださーいって、作業服を着た若い男の人が「汚水桝《ます》」ってのを開けて「3万8千円です」って、金額出ちゃって。セールスだったのだ。調べたら年寄りを狙う有名なモノらしい。ギイイ、となっていたところへ、

「電気の安全点検です〜」

と、またまた作業服のお兄さんが来た日にゃあ、

「きーたーなー」

と、なり、レベルが5段階なら、底の5みたいな声で、

「なんですか?」（低音）

「安全点検てなんですかっ?」（フォルテシモッ）

と、態度が冷えっ冷え、になってしまった。お兄さん、この温度に慣れてる感じで、そこもあやしかった。

「4年に一度の点検です」

4年に一度もあやしい。しかも、室内、室外、両方点検させてくださーい、だと!? あやしすぎる。しかし、ヨシダサンが家にいたし、勇気を出して門扉《もんぴ》を開けた。

「やるのかコノヤロ」

異常は認められません

ハイ、
わたしが右手で
とろけた
チロルチョコです

「ノーと言える日本人!」

と、右手にチロルチョコを持っていたら溶けるほどだ。

しかし。

点検作業が進めば進むほど、どんどん、関東電気保安協会の無料点検だった。テキパキ作業をこなすお兄さんの裏で、最初の冷たい態度が、どんどん恥ずかしくなっていた。でもなんか、途中で直せなくて、最初の態度を貫《つらぬ》き通そうとしていた。スジを通そうとしている。おい。おまえ。どうしてここでマジメ? なにしちゃってんの。ご先祖様の声も聞こえてきそうだ。ここでわたしがヒキョウなのはさ、「ちょっと声が低いため、いつも無愛想に思われちゃう人」に昇格しようと、「へー」とか「はあ」とか、声が5のまま、マメにアイノテを入れているのだった。お兄さんは最後までサワヤカに、

「異常は認められません」

のところにマルした紙を置いて帰った。無料だった。

「異常は認められません」

が、しみた。

ある日、東京に、態度の悪いオバサンがいました。このように、申し訳ない。

ふたたび、スパーン

「昔の人がいる」のは知っていた。家康や信長は教科書に載っているし、大河ドラマでもやってるし、漫画で聖徳太子とかも。そんな有名人じゃなくても、おばあちゃんちの写真とか、お墓とか。実家の長野では、畑から縄文土器が出るから「昔、人がいた」のは、知っていた。

「本当に知った」のは、修学旅行の京都、二条城《にじょうじょう》だった。ボーッと、同級生と移動していた。展示の部屋の奥に着物の人がいた。「ここから入ってはいけません」の部屋でお仕事中のリアルマネキンさんだった。姫と、お辞儀《じぎ》をしている人数名。

スパーン。

斧《おの》で割られた薪《まき》のように、初めて「昔の人」を感じた。その人と同じところを歩いている、いや、自分と同じボーッとした奴《やつ》が昔、フツーにここ、歩いていた。わー。みんな、この感じでお寺とか土器とかが楽しいのか！

このように、自分の感性さんは「二条城のマネキン」出身であることを、生涯忘れずに、なにかが「ひくい」ことを肝《きも》に、と、命じてきた49歳。

今年のクリスマスだ。ムスメが近所のおねえさんからもらった「ストロー付き♥星の形の水筒★ラメ色」で水を飲んでいた。これ、500円くらい? いがいにお高い? どこに売ってんだ、こういうの。パーティーグッズ売り場か。自分じゃ絶対買わねえ…… と、邪悪を出していたらムスメに気づかれそうになった。ごまかそうと「お母さんもー」なんつって、星で水を吸ってみた。

スパパーン。

何年ぶりだ、二条城と同じ斧がとんできた。な、なに? これ。急に甘えた気持ちに。手の感触が、なんか、こう。大きな星を両手で持っているから? あぐあぐ。コグマのような、無邪気が。色で言うとイエローな。「このぐい飲みの口当たりが」とか「このグラスの薄さがイイ」とかは、あった。それはただ、「気持ちが良い感触と感想」だった。

器《うつわ》で人の気持ちまで変えられるのか、魯山人《ろさんじん》。魯山人も呼ばれてビックリだが。「知る」とは。こういうことか。

しかし、「ひくい」。感心する。

ステキな猫さん

うふぷっ

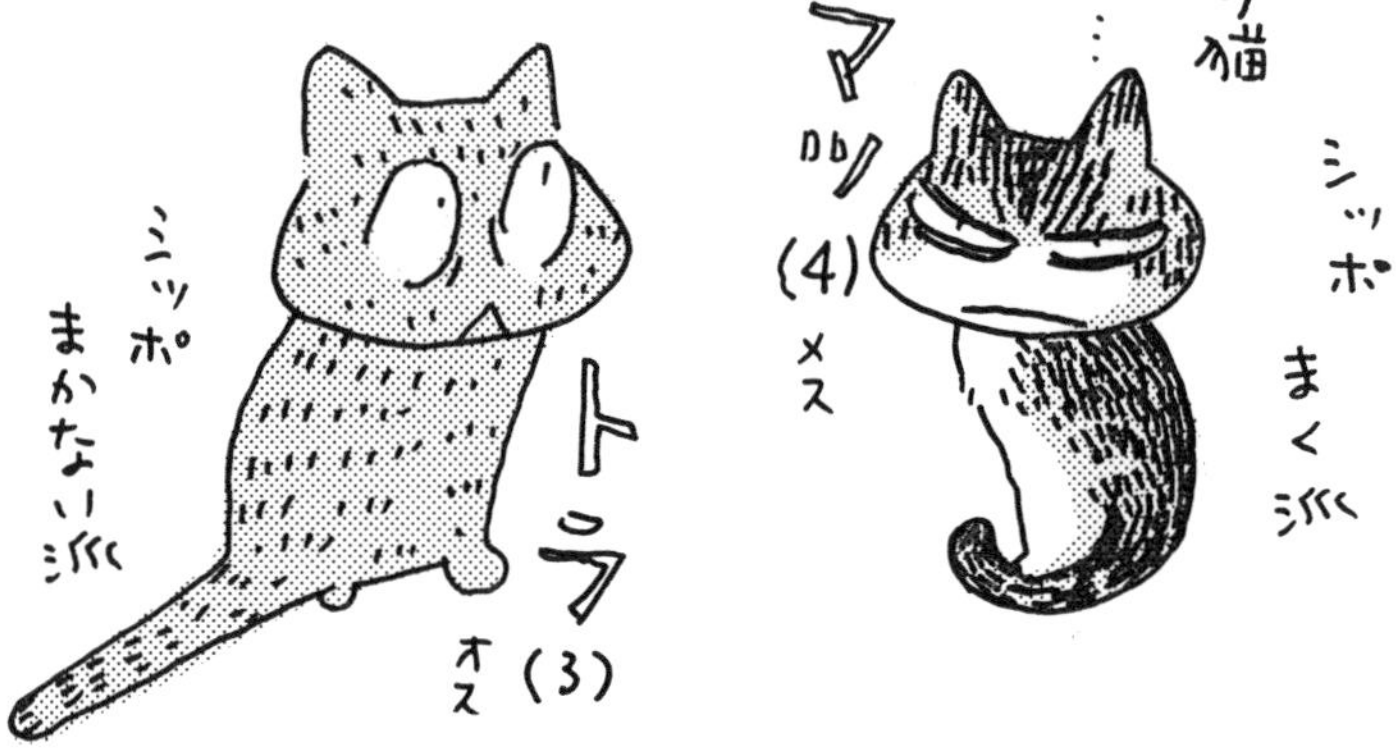

なんでだ？
なぜか、を発見しました。
↑口がまっすぐに見えるのです。
↑猫っぽい口
下からみるとそうでもないけど…
プイッ
…
こちらはトラ(3)
ザ・ネコ
をーん
フカフカボンボン
(金の玉)
をーん
トラのどたま

目のまわりが白くて
ビール色（全身）
頭の色と顔の色が一緒で…
トランプ大統領に似ている…
ト・ランだし…
トラの得意ポーズ
『話に参加』ポーズ…
なんか似ているって…
それ言わないで…
でも、そう思うと、ちょっとおかしい…
トラが失敗している…
べしゃっ
うんこしている
イタズラしている…
金玉を出している
なめている…

そんなある日…
うちあわせ
そういえばある国の総理大臣が
言いたくないんですけど…
顔が金玉に似てきましたね
き、き、
フカフカ ポンポン
きんたま？
カワイイってこと？
猫のじゃなくて人間の、ねっ!?
アー
アアア
似ている!!
猫が人間に似たり、
人間が猫にそっくりだったり
金玉に似ていたり
もしや、今、世界は
大変なことになっているのではないでしょーか？
アレ？
ついに、政治の話をしてしまいましたか？
してねーよ…
バカー

あとがき

の、よーなもの…

気づくと…

50歳だったのです…
節分で50粒かぁ…
このマンションわたしより若い…
築40年でも大丈夫マンション
不動産やさんの前…
えっ? 半世紀ってこと?
せいき、使えちゃう?、
せいき!!
この『来たな』感、30歳の時と似てる…
大丈夫、こういうビックリ、慣れてきた…
よんでいただいてありがとうございます。
50代もよろしくおねがいします…
2019ねん 伊藤理佐
50になって3日め…

伊藤理佐（いとう りさ）

１９６９年生まれ、長野県諏訪郡原村出身。デビュー作は87年、「月刊ASUKA」に掲載された「お父さんの休日」。２００５年、『おいピータン!!』で第29回講談社漫画賞少女部門受賞。06年、『女いっぴき猫ふたり』『おんなの窓』など一連の作品で第10回手塚治虫文化賞短編賞受賞。ほか代表作に『やっちまったよ一戸建て!!』『おかあさんの扉』などがある。07年、漫画家の吉田戦車さんと結婚。10年、第一子出産。15年、マツ（メス猫）が家族になり、16年、トラ（オス猫）も家族になる。18年、「月曜断食」メソッドでダイエットに成功、63kg→57kgに痩せる。ちょっと戻る。ぷっ。

ステキな奥《おく》さん うぷぷっ 3

2019年10月30日　第1刷発行

著者　伊藤理佐
発行者　三宮博信
発行所　朝日新聞出版
〒104-8011　東京都中央区築地5-3-2
電話　03−5541−8832（編集）
03−5540−7793（販売）

印刷製本　株式会社 光邦

Published in Japan by Asahi Shimbun Publications Inc.
ISBN 978-4-02-251632-9
定価はカバーに表示してあります。

落丁・乱丁の場合は弊社業務部（電話03−5540−7800）へご連絡ください。
送料弊社負担にてお取り替えいたします。

※本書は、朝日新聞の連載「オトナになった女子たちへ」（2017年２月～19年６月）から一部エッセーを抜粋し、加筆修正したものです。

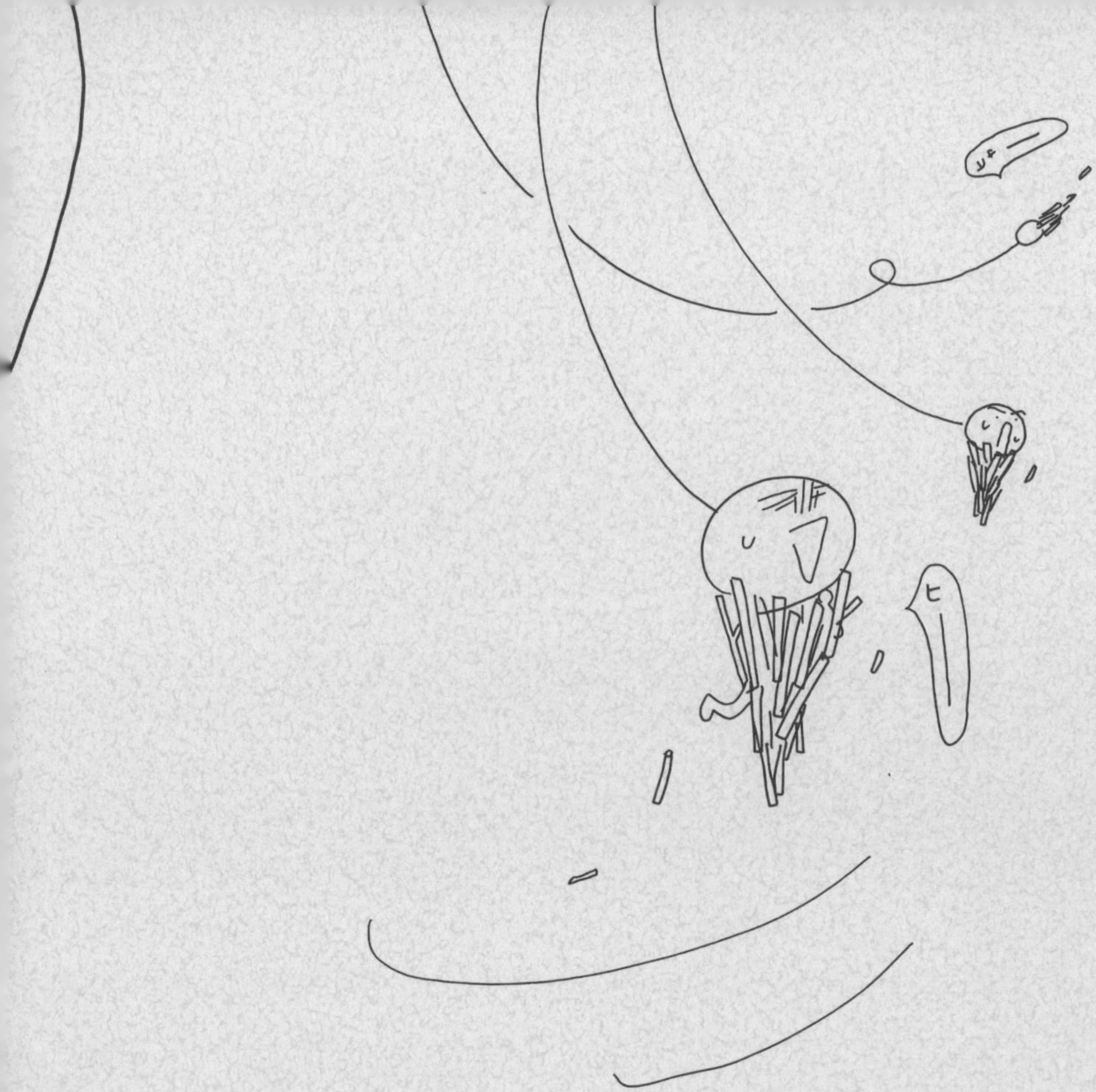
ヒー